吃馬鈴薯的日子

吃馬鈴薯的日子

劉紹銘　著

香港中文大學出版社

《吃馬鈴薯的日子》
劉紹銘　著

國際統一書號（ISBN）：978-988-237-118-7

出版：中文大學出版社
香港　新界　沙田．香港中文大學
傳真：+852 2603 7355
電郵：cup@cuhk.edu.hk
網址：www.chineseupress.com

Days of Potato Feast
By Joseph S. M. Lau

ISBN: 978-988-237-118-7

Published by The Chinese University Press
The Chinese University of Hong Kong
Sha Tin, N.T., Hong Kong
Fax: +852 2603 7355
Email: cup@cuhk.edu.hk
Website: www.chineseupress.com

Printed in Hong Kong

目錄

拿「吃馬鈴薯的日子」這句話作書名，是「巧立名目」，不過事出有因。上世紀六十年代末我應香港中文大學崇基學院英語系之聘到香港任教。日常來往的「舊雨新知」有戴天、胡菊人和林悅恒這幾位。悅恒那時是友聯出版社的社長，出版的刊物我經常接觸到的有《中國學生周報》、《大學生活》和《祖國周刊》。

一天晚上，悅恒約我晚飯，飯後到 coffee house 聊天。咖啡下肚後，林社長打開話匣子說，劉博士，你無親無故，銀行無隔宿之糧，居然膽敢跑到美國靠托盤唸研究院……。我本想及時給他補充說，我在唐人街餐館當堂倌不到半年，白天上課，晚上穿上侍應的號衣侍奉客人，早已心力交瘁，好幾次想到放棄一切，回香港再說。就在這時分我早前申請的印第安那大學獎學金批發下來了……。

所以悅恒說我靠托盤唸研究院，只說對了一半。那天晚上他約我出來喝咖啡，就是要告訴我，他因工作關係（譬如說辦活動），常有接觸香港青少年的機會，他們多是快要畢業的中學生，因此老覺得前路茫茫。

我的老同學林社長喝完了第二杯咖啡，此刻摸着杯底說明來意：「你背城借一到美國讀洋書，終成正果。這個經歷對我們香港的有志青年應該是個勵志故事。劉博士，你從旁指導他們是義不容辭的事，請定期給我們的刊物寫稿！」

過了兩天悅恒在電話上告訴我，蕪文他已給我安排在《大學生活》發表，現在急着等我告訴他的，是專欄的題目。悅恒要我拿自己的身世向同學「勵志」，這不難，難在不讓「苦口婆心」的初衷一不小心淪為「教化」文本。

此文開頭我即直招：「吃馬鈴薯的日子」這個書名太「巧立名目」。說真的，這句話並非出自任何經典。唯一有迹可尋的是所謂潛意識作怪。做研究生那三年，住學校宿舍，一天三頓吃在學生餐廳。乖乖，一天三頓都與馬鈴薯結緣。什麼土豆泥（mashed potato）、什麼法式炸薯（French fry），看來好像餘情未了的冤家，每天三頓在飯堂對你不離不棄的頻頻張望。

可是身在美利堅合眾國，你能不吃薯仔？土豆？現在看官應該猜到我用「吃馬鈴薯的日子」作書名，多少是一種懷舊的思念。

《吃馬》的單行本面世後三四年，我偶然收到曾是此書的讀者來信，一再謝謝我「奮發自勵」的勇氣給他樹立了好榜樣。我讀他的信後真想馬上有機會告訴他，他看我的文字不夠仔細。他應該從字裏行間看出，用廣東俗語說，我當年「膽粗粗」的放洋美國，是因為在老家謀生無門。如果當年在香港可以安身立命，何必跑到美國去做waiter？·等着客人因自己服務周到而多給我一些小費？

《吃馬》文字其實可以套用一個更貼切的書名：「試遣愚衷」。我鼓勵青年朋友的話聽來像老生常談，但句句是腑肺之言。青年人，哪裏跌倒，馬上原地站起來，再跑一次。

劉紹銘

二〇一九年四月

二〇〇二年牛津版前言

《吃馬鈴薯的日子》於上世紀六十年代末在友聯出版社旗下的《大學生活》連載。那時候我在中文大學崇基書院教書。朋友有知我當年兩手空空跑到美國讀書，經歷必有足為後輩借鑒者，因此勸我把「吃馬鈴薯的日子」的甘苦記錄下來。

《大學生活》連載結束後，友聯出版社出了單行本。其後又有台灣的朋友拿去出台灣版。三十多年來，這本薄薄的冊子給我廣結善緣。在好些學術聚會的場合中，不時有素未謀面的年青人上前跟我打招呼，感謝我「勤工儉學」的精神，給他們樹立了榜樣。他們的身世，各有辛酸。求學的經過，也是一波三折。難得的是，他們雖然出身寒微，卻堅信將相無種，肯耕耘，自有收穫。當年朋友說我身無長物放「洋」去的經驗，「必有足為後輩借鑒者」，看來真有點道理。

《童年雜憶》是八十年代的作品。導因是看了《中華日報》副刊一篇有關上當舖（押店）的「滋味談」。舉獅觀圖，我十四五歲前有過多次經驗。閱後一時感觸，引筆為文，因成雜憶系列。

《吃》文所記，是大學畢業後的歲月痕跡。〈童年雜憶〉說的就是童年心事。這兩輯文字，血脈相連。現結為一體，合該如是。

舊作重刊，旨在留給身世與我相似的香港青年一個「勤工儉學」的紀錄。牛津大學出版社林道群老弟慨然給我這個機會，至為感激，特此鳴謝。

劉紹銘

二〇〇二年七月六日

一九九一年香港版序

本書文字，緣起於六十年代後期。那時我在美國拿了學位不久，在威斯康辛大學服務了兩年，就應中文大學崇基書院之聘，回港任教。我在香港土生土長，此一決定，人之常情。

在中大上課一年，前塵舊事，湧上心來。自己沒有中學文憑，居然順利唸完大學，已屬異數。大學畢業後，因台灣的學位不被香港政府「認可」，留港半年間，窮途落魄得幾乎餐粥不繼。

拿了台灣大學文憑的友輩中，不少因此棄學從商。可惜我自己沒有什麼「務實」的細胞，書空咄咄，唯一作稻粱謀的本領，就是文字經營。如果當年不是晴天霹靂出現了「家變」，我可能就認了命，留在香港做個「寫稿佬」。

這也就說，我一九六一年拿了朋友接濟給我的船票和幾百元的現鈔，鋌而走險到美國唸研究院，現在細細想來，的確是命運安排。尋常人不是被環境迫瘋了，不會輕易孤注一擲。

上面所說的「前塵舊事」，就是我個人這一段經歷。我當時想到，香港幾百萬人口，而有資格發文憑的大學，只有兩家。像我這種幼失怙恃、家境坎坷、有志向學而苦無門路的年青人，一定為數不少。當時林悦恒兄主持友聯出版社。《中國學生周報》是一份中學生愛讀的刊物。有見及此，我乃以連載的方式把《吃馬鈴薯的日子》交悦恒兄發表。

中國傳統自傳文學不發達，自有其歷史因由，這裏不能細及。但部分原因，可能與接近禪境的「知音」觀念有關。「知我者，二三子」，夠了。身世何必再為外人道？納蘭性德説得好：「身世悠悠何足問？冷笑置之而已」。

《吃馬鈴薯的日子》不是自傳文學，但既然涉及我個人一些經歷，總可算作自傳文字。我記下這段生平的用心，是為了勵志。當然，今天香港的社會環境，與五十年代是雲泥之別。我在某印刷所和書店當童工時，遭遇與狄更斯筆下的童工地獄強不了多少。但我相信，即使今天大部分香港青年在求學、就業和生活各方面都有改善，總有一些人是個例外。

他們也許是孤兒，也許是家境特別貧困、不得不犧牲學業出來打工補助家計的孩子。更有可能是身份未明，不能享受香港政府福利的「邊緣人」。

《吃馬鈴薯的日子》如果還有再版的價值，也就是為了這一類沒有享受到父母或社會福蔭的人。

《童年雜憶》，成於八十年代，卻可看作《吃馬鈴薯的日子》的前身。撫今追昔，吃馬鈴薯的日子，比起童年那段歲月來，並不算是什麼折磨。為了達到既定的目標，櫛風沐雨、旰食宵衣，也是值得的。可對一個十四五歲的孩子說來，因為寄人籬下的關係，好學向上的天性，不但得不到鼓勵，還不時受到奚落和譏笑，這種心靈的損害，一輩子磨滅不了。

我想香港一定有不少與我童年經驗相似的孩子。我希望他們看了《童年雜憶》這一節，也會像我當年的決心一樣：咬着牙，掙下去。不掙下去的唯一結果是憤世嫉俗、自暴自棄，這輩子說不定就此毀了。

願獻此書與各同學共勉。

一九九一年四月七日

劉紹銘識於威斯康辛大學

童年雜憶

一、童年雜憶

最近在《華副》看到王書川先生〈跑當舖〉一文，撩起我童年舊事。上押店不是什麼光彩的事情，更不足為外人道。我今天的朋友，有認交三十年者，他們對我在台灣四年求學的經過，和大學畢業後赤手空拳來美唸研究院那一段「傳奇」，知心者略知一二。即使非舊識，也可從我舊作《吃馬鈴薯的日子》得一梗概。

但我十五六歲時在香港替家人上當舖那段傷痕歲月，當今之世，只有我胞弟劉紹綱知道。這段經驗，為什麼我決定「公開」出來？理由與大家「分享」我吃馬鈴薯的滋味一樣：童年的遭遇影響一個人中年甚至晚年的人生看法與價值觀念。這一關鍵，早為心理學者肯定。我今天把我早年心裏所受的種種 trauma（創傷）略記一二，用意不在發「私隱」。個人經驗，除非有「喻言」意義，否則不應浪費報紙篇幅。我只希望年輕讀者知道「生於憂患、死於安樂」這個農業社會的格言，在今天這種不按牌理出牌的工商業社會中，雖難作準，但少年坷坎確可增加日後面對逆境的勇氣。

原來我父親是個不事生產的人，所以從小就把我和弟弟「寄養」在朋友和親戚家裏。大陸變色後，他隻身回廣東，跟我叔父一起在小學教書。那年我十五歲，弟弟十三歲。兄弟二人就「寄養」在香港洋行打工的伯父家裏。那時伯父尚可算是小康之家，自己又無兒女，所以我和弟弟的衣食教育，都由他負責。誰料好景不常，伯父失業，我和弟弟的學費常常無着落。

從那時開始，跑押店成了我的「社會教育」。香港的押店，櫃台居高臨下。拿實物去週轉現金的人，心中已自卑得不敢抬頭看人。有一次，伯父叫我把家中一把電扇抬去押掉。我把這件家中唯一值錢的傢伙托在肩上，跑了三四條街，早已大汗淋漓。進了當舖，氣派像衙門老爺的朝奉也不見憐，板着面孔說：「拿身份證來。」

在香港跑押店的人對這種成交有雅稱：「舉獅觀圖」。我氣喘喘的把手上那頭「獅子」舉上去。朝奉驗明我伯父身份證的細節後，就「隨緣樂助」的給我幾張鈔票。

這樣一個「創傷」就烙在我心中了。

事隔三十餘年，已記不起風扇上押店時的季節是夏天還是冬天。不過，即使是溽暑天，少了這部機器，對我個人說來，尚不至有切膚之痛。

上當舖令我流出淚來，令我感懷身世，令我怨怪自己父親不爭氣的，有兩次經驗。

一次是伯父給我一支鋼筆。還記得那是一支派克「藍寶石」型的吸管筆，我喜歡得不得了。我和弟弟從小都是「文藝青年」（他比我務實，十六歲出來當學徒後，晚上唸工業專門學校。今天吃電子工業飯，已完全洗脫原來的「文藝氣息」）。我拿到那支鋼筆後，每天閒時就在紙上塗鴉。

誰料與這現代文房四寶之一相處不到兩個月，又因付不起學費押了給朝奉。今天有孩子的家庭大概都曉得，小朋友心愛的玩具，有些到了大學年齡都捨不得丟掉；因為那是跟着他們長大的夥伴。那支與我短期相依為命過的鋼筆，我舉上當舖櫃台的心情，如果說是痛不欲生，一點也不過份。

另外一個經驗也是至今難忘。伯父在生意失敗後，是一名窮中學教員。他因為自己無所出，對我和弟弟呵護備至。我小學六年級，有朋友送給他一隻手錶。他轉「送」了給我。當然，跟他給我的鋼筆一樣，我寶貝得不得了。我上課時戴着，睡覺時也戴着。因為當小學生時已戴過手錶，養成了我日後一個良好的習慣：守時。今天我與朋友相約，除非碰到我不能控制的特別事故，否則真的做到分秒不差的地步。

但是那隻手錶的命運與「藍寶石」一樣，不到兩三個月，又被伯父拿去「舉獅觀圖」。這兩次得而復失的經驗對我打擊至鉅。即使在三十多年前的香港，手錶和鋼筆也沒有什麼了不起。在廉價品充斥市場的今天，我當年兩件寶貝玩具，連上押店的資格都沒有。可是，小小的年紀就為環境所迫，把心愛的東西獻給朝奉，使我嘗盡了人生無常的滋味。

孩提時代所受的烙印，對日後性格的發展，因人而異。由於父親無能養家，使我從小一家託一家的寄人籬下，心理受盡傷殘。如果我們兄弟當年不發憤自愛，日後做了流氓太保，也毫不稀奇。

我父親的一生，成了兒子的「反面教材」。

我十六歲出來做事。弟弟比我小兩歲。他初中唸了一年後，也為生活所迫，跟我一樣到計程車公司去當「童工」。我們寄居伯父家。香港地方寸金尺土，一層樓住三家人。我和弟弟當然沒有房間。晚上等別人都就寢後才打開帆布床（行軍床），睡在通到廚房、廁所的甬道。

弟弟做童工的地方是九龍，舟車交通要花一個多鐘頭。他八時「上班」，早上五時多就得起床。童工的薪水，買不起鬧鐘。即使買得上，也不敢用。既然寄人籬下，怎可以把別人吵醒？

我和弟弟商量的結果，想到一原始辦法：那就是在入睡前，兄弟兩人用一條麻繩隔床互綑手足腰身，夢中誰先翻身，就把對方拖起；這種睡眠方式，也近乎臥薪嘗膽了。如此翻來覆去，一個晚上難得有兩個小時不從夢中驚醒。甬道是露天的，兄弟二人誰最後一次驚醒，看到東方漸露魚肚白，就知道這是該起床幹活的時候了。

我二十二歲以自修生資格考上台大。我弟弟做事，比較按部就班。他在計程車公司當童工，一做八九年。晚上七時到九時上夜校讀英文。英文根底差不多後，改修工專夜校。先唸機械工程，後唸工商管理——但唸的都是夜校。今天他是一電子公司的「高級行政人員」。論學歷，只有專業文憑，連學士學位都沒有。

他唸夜校十多年，風雨不改，往往抱病列席，從沒缺過一晚的課。

我在這裏追憶我和弟弟的童年經驗，是真正的「試遣愚衷」。百年來國家多難，苦學出身的人多不勝數。就拿身心受摧殘的經驗來說吧。比起「文革」劫後餘生者，我和弟弟早年所受的折磨，微不足道。

不過，話說回來，人之不同，一如其面。我想痛苦的感受也是「各有千秋」的。抗戰軍興，我弟弟還在襁褓的時候，我已經領略過「貧窮是最大的罪惡」的滋味。那時我該是五六歲吧，與家人逃難到曲江。父親靠舉債典當度日。有一天債主臨門，父親躲不掉，跪在地上求情。這個隔代留下來的恥辱，今天偶然閉起眼睛，也會涕淚沾襟。

父親別無所長，卻寫得一手好字。他能以骰子大小的篇幅書下國父遺囑，壓在放大鏡下讓人觀賞。換句話說，他有一個時期靠賣字養家。如果是太平盛世，這一技之長不失為清高的行業。但兵荒馬亂之年，誰有閒錢湊雅興？

因此我和弟弟在香港當童工以前就在內地做過沿街叫賣的「報販」。清早起來就跑兩三里路到批發商去拿報紙。叫賣半天，又餓又累，跑不動了，就到附近的茶館打個圈，看看哪一枱的客人剛走，侍者還來不及把碗筷收拾時，就連忙把殘羹冷飯往嘴裏塞。

這篇雜憶，順筆提到舍弟，也合乎遣愚衷本意。手足之情是我國傳統社會可貴的人倫，可是今天這種關係跟上面提過的那種「生於憂患、死於安樂」的信念一樣，已受到商業社會風氣破壞。報紙的社會版常見朋友因財失義的報導，而兄弟鬩牆的悲劇，也時有所聞，導火線往往也是錢銀的糾紛。

朋友貴乎患難之交，夫婦應結於貧賤之時（因此棄糟糠妻的人確是狼心狗肺），兄弟也一樣。我和弟弟成人後謀生的路子不同，居住的地方又隔了一個太平洋。平日難得見一次面。因職業性質風馬牛不相及，見了面除了閒話家常外，也真的沒有幾句話可說的。

但這不要緊。他和我成家多年，兒子都快成人了。不說「小朋友」們對他們父親當年的經驗一無所知，就是他們的媽媽也一樣茫然。套用魯迅在《祝福》內一句話，這種事「說不清」。我相信弟弟和我一樣，想到當年我們兩個小毛頭在茶館曾以迅雷不及掩耳的手法，左右手開弓撿起人家吃剩的什麼叉燒包之類的東西往嘴裏塞時，心中就起絲絲暖意。這就夠了。

我們這種兄弟，比因攤分先人遺產而起爭執的「手足」有福多了。

童年的波折，影響了我一生對人處事的作風。我拿了學位後在美國任教的幾年，做過不少傻事。因為自己生性勤奮，所以平生最「恨」游手好閒的人，尤其是自己的學生。有一次，我居然把一位在我班上讀書一直懶懶散散的美國少爺召到我辦公室去申以「大義」。他也嚇了一跳，因為他說自己唸不唸書，連他父母都不 care（關心）。

後來我檢討一下，自己也太孟浪了。這是天府之國，游手好閒的人一樣不會餓飯。而且，創出蘋果電腦這樣大企業的人，不正是個美國版的「拒絕聯考的小子」麼？

我今天已失去對學生「申以大義」的衝動，但對毫無上進心的人的「鄙夷」態度一點沒有改——雖然不說出來。

交朋友，我同樣受了童年經驗影響。但這一次話已經說了不少，將來有機會再談吧。

二、童工歲月

我第一件差事的「單位」，剛好與胡菊人兄相同：聖類斯中學。這是天主教慈幼會辦的學校，附設印刷所。初一唸完後，家貧無以為繼，學校長老見憐，收留在印刷所做童工。

胡菊人怎樣跟這家教會學校結緣的，我始終沒問他。他的緣卻可結得比我深。我在工場做工，他在教堂當「小弟」。除做打掃潔淨工夫外，每天早上還要搖着串鈴幫神父做輔祭。

他拿工資若干，我不知道。我拿的是港幣八十元一月，管一頓午飯。三十多年前八十元港幣派上什麼用場？以起碼的生活論，剛夠衣食，但無餘錢租房子。那時的公共交通費是以一角算的。初級郵局職員的底薪記得是一百五十元。

聖類斯印刷廠的頭子是個荷蘭「師傅」。神職的師傅就是英文的「兄弟」。他們終身不娶，服務教會，除不能行神父聖職外，其他世俗的犧牲也一樣。

荷蘭師傅的廣東話，既「唔識聽」，又唔識講。廠內各技術員工，概屬俗人，英文目不識丁。我雖唸了初一，英文領悟能力也僅限於幾句片語單字。想不到時勢造英雄，我半吊子不到的英文居然被迫扮演溝通角色。對內：下情上達，替工友傳話給師傅聽。對外：送貨到也是由「唔識聽唔識講」主持校政的貴族天主教學校去——如九龍的瑪利諾書院。

自己剛失學，肩膊上托着幾百本練習簿舟車兩三小時，送到專為千金小姐開設的美國學校時，氣喘之餘，百感交集。「幼吾幼以及人之幼」，為什麼偏沒自己的份？瑪利諾的學生，校服鮮明漂亮。每次送貨到校時，若碰上下課時間，就會看到門外不少轎車，等候這些金枝玉葉出現接回家裏。

那時候懵懵懂懂，不知什麼是資本主義和社會主義，也不知有所謂階級説。看到轎車上的父母摟着乖女心肝寶貝一番時，只會嘆自己福薄。十多歲的年紀，又無旁人煽動，想不到要革命。

其實，階級不同，待遇自有天壤之別。不必涉身社會，在學校就可以體驗到。慈幼會在港興學本旨，本以孤兒和清寒子弟為對象；但因管教嚴格，歷年會考成績優異，所以有錢人也送子弟去就讀。

如果做寄宿生，那真個是一入侯門深似海。一年除寒暑二假，學生不許單獨越校門一步。早上六時起床梳洗後，不論你是儒家佛家道家，一律得到教堂去「望彌撒」。每天三頓飯，以今天標準看，相當涼薄。吃飽是沒問題的，但營養不足。

星期天校門開放，不是給學生機會到外邊撒野，而是讓家長到裏面來與孩子聚溫情。此其時也，做父母的恨不得把天下間能滋補孩子的食物都全搬來，用銀調羹一口一口地餵到兒子嘴裏。

這個時候的階級分別就特別明顯了。我和弟弟的身份，可說是「中間人物」，因為我們雖無父母，但伯父母偶然來探望，也循例帶些吃的東西來。

最可憐的是連遠親也沒有的孤兒。當年我還不明白他們為什麼每到週日就在球場消磨整個下午。現在想通了。不遠遠的跑開，難道企望人家分你一杯羹？

我當了印刷廠的工友後，下午的一頓飯也在學生餐廳吃。隔壁就是神父師傅的膳堂。刀叉並列，白色桌布一塵不染，上有喝酒的夜光杯。他們吃的有魚有肉，不在話下。

我怎麼知道？一來是以後我認識了一個動了凡心還了俗的師傅，得知一二；二來我有幸與各長老平起平坐，在他們的膳堂吃過一次午餐。

原來小孩子在教會學校集訓多時，耳濡目染久了，就自自然然動了當教徒之念。我也不例外。這等如「文革」時甲家的阿毛當了紅衛兵，乙家的阿花也不甘寂寞，嚷着要做革命小將的道理一樣。全是情感用事，經不起真理考驗。

長老集團有個規矩，哪一個孩子哪天受洗成了天主教徒，就可暫時升格，受招待到「隔壁」去吃一頓飯。受洗一生才一次，那種破格招待，不用說也是下不為例。

那頓飯究竟吃了什麼？不記得了。不過，套用《水滸傳》一句話，但見「水陸俱備」就是。學生飯堂吃的肉食，多是意大利運來的莫名其妙的罐頭食品，盡是油光水滑的肥肉。長老飯堂吃的，是供刀叉琢磨的品種。

總之，那頓飯吃得我一佛升天。暗念：人生在世，每天若能吃到這種飯菜，做出家人也不壞。後來我真的把這個主意告訴伯父，給他大大訓我一頓，其中一個理由就是劉家香火問題，乃因此作罷。

在印刷工廠當雜役，相當消耗體力。離開伯父家去上班前，早餐倒必在附近的小攤子打發，一碗清粥，兩根油條，未到正午，早已餓火中燒。如果不是家貧，中飯應在外邊吃頓好的。可是為了省錢，只好將就過去。鄰室動的是刀叉，這邊用的是筷子。一板之隔，頗有天堂與煉獄之別。

今天的聖類斯，據云已成貴族學校。如果三十多年前我通世事，當會給長老獻計：他們的膳堂，最好不與清貧子弟餐廳相連，以減少「階級仇恨」的滋生。

現今想來，出家人比我們吃得好，也是應該的事。一來他們身無長物；二來不近女色（動凡心者作別論），口腹之慾也是他們人生在世唯一的享受了。

三、的士公司接線生

在印刷廠做了一段時期後，承親戚之介換了差事：到計程車公司去當電話接線生。童工生涯，不算什麼職業，因此嚴格說來這才是我第一件差事。月薪是一百五十元港幣，但沒有免費午餐。

大行的士公司總站設在半山般含道，香港中上階級的住宅區。五十年代初的香港，沒有傳呼器。客人要的士就打電話來，我們夥計就依司機老爺排隊的先後分發任務。

這份工作，給我上了社會大學的第一課。印刷廠的員工，大半與學校或教會有關，背景比較單純。吃計程車這行飯的，品流就複雜多了，尤其是司機老爺。那時香港拿到的士駕駛執照的人不多，競爭不大，小費的收入也相當可觀。這些人的教育程度，僅能看報紙。遇着生意清淡時，他們一伙人湊在一起聊天的題目，絕無例外：酒色財氣。

在聖類斯工場，每天「天主經」、「聖母經」聲聲入耳。一到這三教九流的地方來，平均每兩三分鐘就聽到「三字經」。說這兩個世界是雲泥之別，一點也沒有誇張。我當時能夠避免與他們「同流合污」，原因是窮之賜。我的收入比他們少好幾倍，哪有資格跟他們同起同坐去打麻將？哪有錢陪他們喝酒？去風流快活？

做童工時看到的貴族學校學生，都是中小學。他們吃雞蛋牛奶豬肝牛肉長大，粉臉真是吹彈得破。現在接觸到的輩份高多了：香港大學的金童玉女。那時的港大，不像今天那麼平民化；只要拿到入學資格，不須入校門一步，也會自覺身份不凡。

這些在全港獨一無二最高學府唸書的少爺小姐，有不少就住在附近。晚上若有舞會舉行，時見少年紳士淑女並肩款步前來要車。那時我剛過了十七歲。如果不是抗戰耽誤了小學四年，如果不是迫於環境而輟學，我自信一定可以考得上這家由港督做校長的大學，然後在香港社會平步青雲，討個瑪利諾書院畢業的小姐⋯⋯。

這當然是白日夢。在聖類斯時的白日夢是做神父，現在是做港大學生；可見人長大了，夢的情節也變得現實。但一個初中也沒讀完的孩子哪有希望進大學？不說大學，連進專科學校也沒有資格。每念及此，頓覺前路茫茫。大行的士公司的「站長」（接線生的雅稱），除我自己外還有三位，都是三四十歲的人。由於年資的關係，薪水也比我高一二倍。

我當時想：如果我循規蹈矩的幹下去，十年二十年後，了不起也不過是由小站長升到老站長。難道我這一輩子在應對客人的呼喚中度過麼？「大行的士⋯⋯羅便臣道二十一號。好，馬上來！」

的士公司的生意，最忙是上下班時間。晚上十一二時後，水淨鵝飛，鈴聲寥落。但這行生意既稱二十四小時服務，電話來時不問晝夜總得有人招呼。二十四小時分成三個班次：早上八時至下午四時；四時至十二時；午夜十二時至明晨八時。

我剛上班時被派定的是第一個班次，因此生活相當正常，但也最忙了，難得有一分鐘自己的時間。為了同事間的方便，班次常常大家對調，因此有一個時期我也當過第二班。

午夜十二時至明晨八時那一班，難得有人問津。道理很簡單：結了婚的人一當此班，家中再無天倫之樂。

但這段上班時間有一個好處：電話不響的時候，時間全是你的。

於是我自告奮勇接這一班。司機老爺只上早午兩班，只有一個例外：一個祖父年紀的公公。他選這個時間倒非甘心情願，奈何身體老謝衰殘，在黃金檔時間跑生意，怎搶得過年輕力壯的小伙子？

因此每夜過了十二點，這位公公就成了我唯一的同事。其實，大部份時間他上班也等於下班；因為他除非有客人電召，否則他一來就在車廂內蒙頭大睡。

這正合我意。每夜一時左右到第二天同事來接班前這六七個鐘頭，全是我自修中文英文的時間。那時凡在坊間看到什麼「無師自通」或「自修生必備」這一類的書籍，一概買了下來。

半山燈火明滅。秋冬時份，若遇天雨，倍添簫颯。車房不設閘門，若遇老翁司機出差，覆蓋間只我一人展卷吟哦。此情此景，頗似《列異傳》所載：「談生者，年四十，無婦。常感激讀詩經。」可惜的是，歷盡不知多少夜雨秋燈，始終未遇「女子正年十五六，姿顏服飾，天下無雙，來就生為夫婦」耳。

可見古時的鬼也比今天的多情。

誰料任何選擇，都有一利一害。晝夜顛倒的生活，損人健康，對發育年齡的孩子影響尤大。我寄居伯父家，無固定床位。我若早上八時下班趕回他家，伯母可能尚未起床，諸多不便。權宜之計是自置行軍床在車房閣樓上搭臨時鋪蓋。

在每兩三分鐘出車一次的車房內，怎好作臥榻？一來廢氣衝天；二來人聲馬達聲嘈雜。差不多有大半年時間，我沒有一天一覺連睡四五小時的紀錄。

生活晨昏顛倒，吃飯的時間也隨着改變。每天稍有營養的一頓，就是與伯父家人同吃的晚飯。人家消夜的時間，就是自己的「晚飯」——通常就是用玻璃瓶盛着伯父家的剩飯剩菜。

睡眠不足，再加上營養不良，我當通宵更不到一年，就患了初期肺病。

公司給了我一個月的有薪病假。幸好一來症狀輕微；二來治肺病的特效藥剛上市，承一位好心的「香港難民」——那時在《香港時報》當電訊翻譯的楊際光——給我注射，不到半年就痊癒了。

四、文書生涯

病後伯父介紹我到荷里活道一家文具書店去當「文書」。老闆是鄉下人，粗通文墨，但英文卻目不識丁。他的收入，現在想來，是靠翻印英國公司的中小學教科書（我說現在想來，因為我當年不識其中細節），只是那個時候英國人對付翻版商沒有目前那麼認真，所以他屢次也止於有驚無險。

我在那書店的工作，自稱「文書」，乃因捨此無以名之。原來老闆是請我去替他辦「洋務」的。洋務辦好後的空餘時間，再做舖面夥計。

這書店的洋務，大致分兩種：一是外埠顧客的郵購信件；二是到銀行去辦信用狀等事宜。這差事要勝任愉快，以香港的英文書院水準言之，得有高中程度的底子。

天曉得，我到這家烏有書店上班時，正規的英文教育，只有初一那年。即使加上「談生」式的感激夜讀心得，仍無把握能應付英文的八股文。但接線生通宵達旦的生活，不能繼續了。再說，文書月入二百，雖然以工作時間來說實在是因加得減，因為舊式生意人經營的店舖，抱的都是這種宗旨：薄利多銷，將勤補拙。舖面早上九時開始營業，晚上九時打烊。一年中除了農曆大年夜至初三那四天可以休息外，其餘時間都是老闆的。

但我仍是硬着頭皮去了。最少做夢的時間可以在晚上。至於能力是否勝任，決定走着瞧，一切兵來將擋。

這一步走對了。

且說我上班後第一個月，時間全花在查字典上。買了好些「模範商業尺牘」之類的八股英文手冊，晚上同事鼾聲大作時，自己挑燈揣摩。起先看了，真是心驚膽跳；因為每隔一行，必出現一兩個生字。

可是過了兩三個月，我對自己的信心大增。原來天下的八股文都一樣，視之巍巍，就之藐藐。開承轉合都有一定的公式，仿似「文革」時的大字報標題和內容一樣，要保百年身，照抄《人民日報》就是。今天香港書信英文用的是哪一套八股，已無緣得知，但在我當文書的時代，「親愛的」落款以後，動不動就要「抱拳奉告」一番（we beg to inform you that ...）。

如果今天我回頭再到烏有書店當文書，說不定我受不了八股之餘，會做些出人意表的事。記得當日有一北婆羅洲顧客，以英文來信購買小學教科書，信末附言竟有三個中文字：《肉蒲團》。原來他要我們趁貨運之便，夾帶一本天下奇書給他。

當時我大概是以「小號缺貨」作答的。今天如能讓時光倒流三十年，覆件大概不會這麼等因奉此。說不定會加一句：「已向南華寺代查，容後奉告。」

商業信札和文件的生字，經常使用的實在有限。開始時我每天翻數十遍字典，以後漸入佳境，舉一反三。我學歷不足，貿貿然的替人家辦起洋務來，確是濫竽充數。但當時在香港政府搞「華務」的人，學歷雖然合格，文字卻成為後人笑柄。「行人沿步路過」和「如要停車乃可在此」就是政府文員的手筆。

在烏有書店拿了兩年薪水，我覺得非常心安理得。

兩年文書工作，使我悟出一個道理：求學也要背水一戰。如果我因自己失學而失去信心，做事畏首畏尾，可能在計程車公司終其生。如果不是為了要吃飯而不得不苦修實用英語，我日後絕不可能以自修生資格，通過甄別考試進入香港達智英專的第一屆會考班，而會考落榜的話，就沒資格投考台大。

五、黑市教師

說「背水一戰」，一點也不為過。烏有書店連老闆員工加在一起，上上下下有十餘人。識「番書」的，就是我這個半路出家的文書。偶有老外遊客迷路走進店來，被趕出去辦外交的也是這個文書。換句話說，所有洋務一手包辦。

這種成敗影響到個人生計的自修過程，最見效果。在書店工作了兩年多，伯父得老闆和另一朋友的投資開辦英文書院。我也離開書店，到學校去當以鐘點計酬的「黑市小學教員」。黑市教員是當時香港的特產，因為教育當局只承認香港、大英帝國及其聯邦的學位和文憑。在求過於供的情形下，這種「官方認可」的教員身價百倍。黑市教員於是應運而生。

吃黑市飯的教員，拿的多是「雜牌」文憑，種類繁多，不必細表。總之他們拿的薪酬與正統教員有天壤之別就是。

可憐我連一紙雜牌文憑都沒有。好在伯父當校長，各事可以包涵。就能力論，我倒覺得遊刃有餘，因為我教的是「小狗跳、貓叫」的小學英文。這比起我在書店辦洋務時所需要的知識，簡直是小兒科了。

可是這口飯也不易吃，心理壓力奇大。原來黑市教員的地位，在官府看來與無牌小販差不多，都是犯皇法的買賣。香港市場在路邊謀生的小販，一聽說「差人來了，」就得「走鬼」作鳥獸散。無牌教員的命運也差不多，只是差人捉小販是突擊式的，而香港教育司的「視學官」畢竟是讀書人，在來視察前一般都會事先打個招呼。因此凡遇「督學」（視學員）命駕出巡那一天，像我這類無牌教師就得遠避天威。「長他人志氣，滅自己威風」，可不是說着玩的，在我當時的環境說來，這是唯一求生之道。

在伯父學校打散工也有好處，讓我有空餘時間去唸英文專科學校。從一九五五至五六年，每天早上我上兩個鐘頭的課。五六年春末應試，順利拿到皇家認可的會考英文中學文憑。

一九五六年我入台大外文系就讀。大一英文第一次測驗，居然拿了九十九分。這是我初一失學後到唸大一前「勤工儉學」的一段經歷。台大四年，靠僑委會的僑生津貼和稿費為生。一九六一年「兩袖清風」來美國唸研究院，其中酸楚均記在《吃馬鈴薯的日子》一書，因是舊話，不提。

六、家貧莫論親

除了在孤兒院長大的棄嬰，每個人總有親戚的。但親戚在個人生活所佔的地位，我相信在別的國家與文化中很難找到與中國宗法社會等量齊觀的例子。

劉姥姥拚命向賈府攀親，目的在借錢。她的苦心也說明了一點：朋友既有通財之義，那麼窮親戚更應照顧。如果她不牽強附會與鳳姐論親，怎好啟齒？

沈從文小說《蕭蕭》，傻丫頭被人誘姦成孕，男家不知如何處置，只好請蕭蕭的伯父來決定她的命運，看是沉潭還是發賣。

張愛玲的《金鎖記》，到兄弟鬧分家的時候，還是得由族長做主。

文學作品所記述中國姻親所扮演的角色，多得不勝枚舉。以前美國唐人街社會治安良好，無青少年犯，親戚的制衡作用居功至偉。「六親不認」可作兩種解釋：一個是你不認六親；也可說是六親不認你。在舊社會中，六親不認你不但使你無面目見江東父老，而且斷絕了你窮途末路時可以投靠的門路。

這種制衡力量，等於封建時代的父權，是經濟的壓力高於道德上的裁奪。

隨着社會結構的變化，婦女和年輕人經濟獨立，父權和親戚的地位也因此式微。今天的姑婆叔伯輩，來到子姪家作客，若不自重，說不定被主人掃地出門。

但這些都是七八十年代才有所聞的變故。我做孩子時，是四五十年代。長輩吩咐一句，哪敢說個「不」字？

父親的兄弟實數有幾人，不大了了，至今印象猶深的就是他一個哥哥、姊姊和弟弟。他的哥哥就是我在第一節提到的伯父。因為我和我的弟弟自小寄養在他家，所以也因他的關係體驗到中國親戚的各種嘴臉。

本來，伯父也是親戚。因自己的父親不成器，把兒子託管，伯父也只好替他的弟弟盡父職了。我的伯父應該是個有上進心的人。祖父把家財散盡後，無法供養伯父唸書。他在洋行當工友，自修英文。

伯父在什麼情況下娶伯母的，那時我尚未出生，無由得知。不過，照我童年得來的印象重組再加上後來的推想，伯父這樁婚事，準是窮家子攀龍附鳳的結果。

原來我伯母是富家女，自小體弱多病，兼患重聽。她父母答應把女兒嫁到劉家，我猜條件之一是：讓她獨身的姊姊也跟着「過門」，終身看護她妹妹。

我的姨母（伯母的姊姊）是虔誠天主教徒。據說年輕時患過惡疾，群醫束手，眼看沒希望了——誰料及時「看到」聖靈顯現，跟着病也好了。以後立志在家修行，終生不嫁。

稱伯母的姊姊作姨母，也僅是一種習慣。這等如今天港台老一派人的家庭，小孩子都叫父執輩的人為叔伯阿姨阿嬸一樣，並不計較血統關係的。我這個姨母在伯父家庭的地位，遍查中國文學作品，未見前例，只好由我道來。

抗戰軍興，她跟着我們到大後方。勝利後回到香港，她也以陪伴妹妹為名搬到伯父家。我的伯母推說身體不好，一輩子沒有做過事。我的姨母是她終身的看護，也沒有為社會盡過什麼公民的義務。反正她們姊妹二人享盡先人餘蔭，有自己的「私房錢」就是。

我想古人有資格享齊人之福的，應是小康以上，最少應有能力把兩個女人分成兩頭住家。我伯父沒有齊人的福氣，卻備嘗兩女「侍」一男的苦楚。原來這對「姊妹花」除了晚上不得不分手外，白天確是形影不離。她們兩人聚在一起，談的不是東家長就是西家短，總之題目與心智活動毫無關係就是。

伯父既接受了這種「護航」式的婚姻安排，每日要受精神上的疲勞轟炸，刻薄點說是咎由自取。可憐的是我和弟弟。伯父為了躲開是非之地，除了晚飯和就寢時間不得不留在家裏外，整日不見影子。

姊妹花有見及此，「煮酒論英雄」的節目也就排在吃晚飯的時份。「東家長」準是她們娘家的人。某某「舅父」怎麼春風得意了。某某「表哥」的生意又怎麼一本萬利了。

「西家短」，不必指名道姓，就知是衝着我伯父、叔父和我父親而來。剛好他們兄弟三人都是中小學教員，因此「教書無用論」一下子就成立了。

「讀書有什麼用？還不如早日出去打工，說不定學到一技之長。」如果這是伯母說的，姨母就在旁邊唯唯。

如果這是姨母說的，妹妹就會附和說：「阿姊，你說得有理。」

伯母的娘家是生意人，難怪她姊妹倆瞧不起吃文字飯的人。

我和弟弟因為自小無家，心理特別早熟。她們含沙射影的話，句句聽得懂。於是我們一邊用筷子撥飯，一邊強忍着承在眉睫的淚水。

我們兄弟倆只有在夜闌人靜時，蒙着被窩飲泣。

如果這是後母的折磨，那也只好認命了。可是我和弟弟受的苦，都是家貧強認親的惡果。好幾次，我想到離「家」出走——到孤兒院去要求收養也好、到街邊去討飯也好，總勝於在伯父家受精神虐待。但一來我不願意讓伯父傷心；二來不忍讓弟弟更見形單影隻，乃作罷論。

「讀書無用，打工有理」的現實終於在我唸完初中一那年降臨。

伯母的娘家有開計程車公司者。她們姊妹說個情，我就在般含道的大行的士公司上工了（一年後我弟弟也輟學，在九龍的大來的士公司打工。大來大行都是余家的產業）。我這個老闆的「親戚」，負責的是接電話和記下司機老爺每次回到總站時報上來的路程哩數。

我的薪水與他人無異。看來「親戚」網開一面的地方是不以我年紀少而破例聘用。

這種大資本家的「親戚」，平日自然不會有幸見到面。可是我伯母有一個姊妹確是明媒正娶嫁給我老闆的，因此每到農曆年，以伯父為首的拜年團就以朝聖的心情「認親戚」去。

到了余家，我和弟弟循例善頌善禱一番後，就自動靠邊站。余家沒設簾子，但大老闆親戚的音容舉止，現今想來，確有幾分垂簾聽政的味道。他一個人大剌剌的半躺在沙發上聽禀。

「姊妹花」當然扯着「自己人」閒話家常。伯父呢，在旁有一搭沒一搭的應酬着。生意人的家底你無法猜透，但中學教員身價若干是個透明的數字。

在余家哪有我伯父說話的餘地。他攀龍附鳳的如意算盤，如果沒有太平洋戰爭，說不定可以因裙帶關係一帆風順。但日本人一來，他苦心經營的關係也隨之中斷了。

可是與富家女成親的後遺症卻害了他一輩子。今天男女平等，也許再無門當戶對這種觀念了。但戰前的中國社會，「妻憑夫貴」確是天經地義的事。伯母有資格道東家長西家短，無非是她覺得真的「下嫁」了伯父。

做男子在家裏矮人一截，在親戚輩中自覺寒酸，實難想像怎樣去養「浩然之氣」。如果「女權主義」讀者看了這句話不舒服，我也沒辦法。我決不肯為了適合潮流而講假話。

伯母伯父先後作古，姨母進了修道院。二十年後思往事，猶有餘悸。平心而論，伯母姨母都不是壞人。站在伯母的立場說，她也許會覺得我不爭氣的父親把兩個孩子「寄養」在她家，是強人之難。事實也如此。

今天事過境遷，我和弟弟都不會記恨。她和她姊姊給我童年所造成的種種創傷，都可以原諒；因為她們沒有義務替別人管教孩子。

最不能原諒的是生而不養的父母。

我的母親是受不了我父親的脾氣而離婚的，至今生死不知。如果偉大的母親是不惜犧牲而護衛自己的孩子，那麼我的母親不夠資格。如果人生的目的是像美國憲法說的追求一己的幸福，那麼她拋棄了我們，也是情有可原；因為我父親一不如意就動粗的性子，實非常人所能忍受。

我和弟弟今天心理還能保持正常，多少是個異數。

「家貧莫論親」。強攀關係，自取其辱，這是我從我伯父一生取得的教訓。

七、朋友是熱的好

「樹欲靜而風不止，子欲養而親不在」，是人生一大憾事。同樣，落難時受人恩惠，一時無以報之，日後自己境況轉順，故人要不是音訊渺然，就是墓木早拱，這也是憾事。

李歐梵與我論交三十年，情同手足，可是兩人出身不同，對人生的體驗因此亦有不少懸殊之處。他有時打趣說：「你寫的小說，情到濃時，不是男女關係，而是哥兒倆肝膽照人的時份。」

此說是否屬實，我自己不便作解人。但得馬上聲明的是，周邦彥「少年遊」的境界，我一樣神往，可惜功力不足，無法達意而已。

我在小說甚至學術論文中對友情這個題目始終念念不忘，也無非為了念舊。幫朋友忙，不必傾家蕩產，只要時機適合，有時舉手之勞就會令對方感激終生。就拿我自己說，十六歲那年因在計程車公司工作，夤夜顛倒，得了初期肺病。照當時情形看，一個沒爹沒娘的孩子，在無勞工保險的制度下，一切只得聽天由命了。也許是我命不該絕，因投稿到《香港時報》副刊的關係認識了楊際光（詩人貝娜苔）先生。

他當時在電訊組做翻譯，得知我身染「惡疾」，安慰我說：「孩子，別怕，新藥剛上市。我給你注射一個月就會好的。」

際光畢業於上海聖約翰大學，在香港的身份是難民。《香港時報》的稿費不高，我猜他做翻譯的薪水也一樣菲薄。他不但當了我的「密醫」，而且針藥也是他掏腰包買的。這份情誼，是雪中送炭。

一個既無「黨的奶水」可喝，又無祖宗餘蔭可享的孩子能夠長大成人，全仗朋友提攜。我從香港來美的船票和華大第一學期的學費，是靠朋友的血汗錢幫忙才對付過去。後來由華大轉學到印第安那，本擬坐灰狗，恩師濟安先生說：「坐飛機吧，不足之數我補上。」

際光兄至今行蹤不明。濟安師作古已二十多年了。他們兩位對我的恩情，大概全沒放在心內，可是我時刻溫暖在心。大概少年失學，正經書沒唸多少，反把江湖上的規矩視作金科玉律。什麼「有仇不報非君子，有恩不報枉為人」、「得人恩義千年記」這類的「格言」琅琅上口。後來讀舊小說，始知這也是「傳統文化」的一面。

朋友幫上了忙，我固然感謝，但有意幫忙卻有心無力的，我一樣記懷於心。一九七二年我在新加坡大學當英文系「高級講師」，衣食無憂，但忽然心血來潮，要重回美國。於是函電交馳，託朋友找事。不少信件石沉大海。交情不夠，也不足為怪。

最令我感動的卻是一位當時素未謀面的朋友：董保中教授。他為我到處奔走，雖然最後還是因為自己資歷不足，白費了他的心血；但他急人之急的古風，確教人難忘。

讀太史公〈報任安書〉，念到「家貧，貨賂不足以自贖；交游莫救；左右親近，不為一言」一節，驟覺寒氣迫人。怪不得他對「以武犯禁」的游俠這麼偏愛。經綸滿腹的司馬遷用春秋之筆時尚難免「感情用事」，今人為了知恩報德特別為朋友說幾句好話，我想也是人之常情耳。

觀其文知其人，太史公最受不了的大概是不冷不熱的朋友。我「不幸」也有這種脾氣。談吐四平八穩，做事面面俱圓，這種人不容易樹敵，但決非性情中人。平生知己，都是愛恨分明的人。

男人交朋友也像女人選丈夫一樣，有「遇人不淑」的時候。這方面我經驗特別豐富。以前聽某甲對我說某乙對他怎麼怎麼不是，「義憤」即湧於胸際，把某乙也看作自己的敵人。誰料下次應酬場合，某甲一見某乙進場，即把自己甩開，一個箭步上前與對方擁吻一番。

以世故的眼光看，這是我「吃虧」的地方；但我不這麼想。一個自己曾引為知己的人這麼容易就露了原形，正是我的福氣。一天只有二十四小時，少了一個人記掛，就節省了一些寶貴的光陰去做別的事。

自己對朋友披肝瀝膽，日後對方出賣你呢？那沒辦法，只恨「有眼無珠」就是。

交朋友要嘛是全身投入，要嘛是「保持距離，以策安全」。

第一至五節原載《中華日報》（一九八六年六月三日）

第六節原載《聯合報》（一九八六年五月二十七日）

第七節原載《中國時報》（一九八六年七月二十七日）

吃馬鈴薯的日子

曾有人以「古、靈、精、怪」四字來形容中國大學生在大學的四個階段。別人不知怎樣，但我自己在一九五六年考進台大外文系時，已是普通青年唸研究院的年齡：二十二歲。比別的同學老了一些還不算，最與人不同的是在考入大學前，幹過多種行業（見《童年雜憶》），因此在人生經驗上，比我同年的同學，最少豐富七八年以上。這等於說，別的同學還未走到「古」的階段時，我已遍嘗社會各種光「怪」陸離的經驗了。

但大學（夜校除外）——尤其是一所有傳統的大學——生活之可貴，貴在其潛移默化的力量。這種力量，非傳自書本，實來自師友。就拿我自己來說，大學頭一兩年的日子，過得極其渾噩；無他，從香港習來的「社會經驗」害了我。任何人在社會謀生處世，經驗越多，世故越深，這是難免的事；而世故深是好事，因世故深的人可減少闖禍和吃虧的機會。但另一方面，世故太深也同有壞處，對習文學藝術的人說來，尤其如此。因一個人如果事事防範謹慎，其情性必閉塞，靈氣亦斷。（註：「世故的人」與「通達人情世故的人」不同。寫小說的人一定得通達人情世故，但自己可能是豪邁豁達的人。）

我在台北頭一兩年，忘記自己處的是一個新環境，接觸的是一群「新人物」，所以應世接物，處處與在香港時無異。這當然與台灣土生土長而又缺乏社會經驗的同學志趣大相逕庭。好在後來我在台灣自費出版了一本我在香港時發表過的雜文和「言情小說」，送了一本給《文學雜誌》的編輯夏濟安先生。他看過後，找我到他宿舍去談話，告訴我說我的「小說」寫得不好，但雜文卻寫得頗有「雋味」，因此邀我替《文學雜誌》寫些隨筆之類的東西。我花了兩個晚上，寫成《引頸集》；他給我動了些「手術」，乃刊了出來。隨後我又替他寫了〈坑中人語〉和〈影壇走筆〉等雜文。

這是大學生活「潛移默化」了我的一個例子。由於常與濟安先生傾談的關係，使我不但對讀書寫文章改變了「世故」的看法（夏先生自己是一個極通人情世故的人），而且對做人也改變了「世故」的態度。

我在三年級時，外文系「文風」甚盛。四年級經常發表文章的有叢甦（掖滋）、葉維廉、金恒杰（戴義）；二年級更是人才輩出，計有白先勇、歐陽子（洪智惠）、陳若曦（秀美）、戴天（成義）、王文興、李歐梵等人——這班二年級的同學，除對文學熱愛外，還有一共同特點：他們都是世故未深的人。他們世故稍深，也不會創辦《現代文學》的。而如果我不是將從香港學來的「社會經驗」，自「古、靈、精、怪」的相反方向倒流，又決不會交到這班朋友。

在台灣唸大學的大學生，家裏稍有點辦法的，大多數在大三下學期就開始忙着申請外國研究院的入學工作。我自己不是不想出國，只是當時窮得連手續費十元美金都付不起，出什麼國？取助學金麼？一來我自己的成績並不優異；二來讀的是文科——理工科拿助學金已經不易了，何況文科。就我當時的環境說來，我是個對於前途毫無選擇資格的人，只有讓前途選擇我。

因此，我當時的決定是：隨遇而安吧。如果在香港找不到工作，那就留在台灣吧。留在台灣教中學或幹其他事情，台大的學位，是堂堂正正的學位。回到香港，當時的台大學位，連註冊教書也成問題。

但事有湊巧，正當我前路茫茫時，卻因編務關係（其時我編外文系系刊 *The Pioneer*），認識了一位比我低兩年級的女同學，跟着訂了婚。如此一來，我的前途更非我所有的了。因為小姐既跟我訂了婚，就得向她的父母親和同學交代。換句話說，我今後的出處如何，處處與她的和她家的「面子」有關。由於她父母圈子裏親戚朋友的少爺小姐，放洋的放洋，出國的出國，如果我孵在台灣或香港，豈非糟塌了小姐的大好前途？

商量結果，決定出國，乃以明知不可為而為之的心情，在一九六〇年五六月間，申請兩間不收手續費美金十元的學校：加拿大的 University of British Columbia，和美國的 University of Washington（選此二校的原因很簡單：一因有熟人照顧；二因是大城市，工作易找些）。不過，申請儘管申請，我知道如果拿不到助學金，取到入學許可證也是徒然。船票和保證金兩關，就過不了。

信發後，就回到香港，一面找臨時的工作，一面等消息。

工作真難找，幾經辛苦，才在友聯研究所裏找到一份見習翻譯的工作。

大概在同年八九月間吧，兩間學校都回信，結果不出所料：一塊錢助學金也拿不到。乃以實情告訴了未婚妻，並請她耐心等我一兩年，待我在港工作，保證金借到、船票有着落後才走。想不到此種困難，得不到小姐和她的父母的諒解，而沒多久，退婚的通知來了。

人生到此，要嘛是變得意志消沉，要嘛是情緒偏激。這兩種情緒，我都體驗過，但為時極短；因為我瞬即發覺，小姐的父母，她自己和我自己，都是台灣今日的「留學」風氣下的受害者。

靠助學金留學的希望既成泡影，愛情又遇挫折，但「活」不能不繼續「生」下去。友聯研究所見習翻譯的工作，是個「半差」，收入不足餬口。而我拿的台大學位，在香港想謀個理想差事，談何容易。

這個時候，藉着先師夏濟安先生的關係，認識了當時在國泰機構做製片的宋淇先生。相談之下，他問我有無興趣進國泰機構服務。我對電影本來就入了迷，加上當時求職心切，所以馬上「大喜過望」，連忙答說願意。

在同時，父執輩的朋友中，有關懷我生活者，願意替我到新界某一津貼小學去「活動」，謀一「八一五」職（月薪八百一十五元）。我聽後，當然異常嚮往，我在友聯的半差，月薪不過二百元，教小學而能收入八百多元，以當時（一九六一年）的生活程度說來，何止高人一等！於是，在約好見面的那一天，由弟弟陪同，以齋戒沐浴的心情，乘了「九人的士」到新界某餐室去「活動」。

自然，為了種種條件不足的關係，這份優差未謀到。宋淇先生的話，看來亦是說過了算數。再等下去，亦未必會等出什麼結果來。

怎麼辦？

回台灣去教中學麼？太晚了，各學校都已開了課。在香港待下去麼？每月兩百塊錢的收入，活不下去。

就在這個時候，我想起了「置之死地而後生」這句話，好罷，就冒這個險吧：空着手去美國。

幸好我平日相交的朋友同學中，有不少知己。我把要出國的意思告訴了他們，在加拿大唸工科的一位，千辛萬苦湊足了一張船票給我，在香港的和在美國的，也是盡其所能的幾十元幾百元的借錢送錢給我，使我除船票外，還能添置了一些冬天的衣物（美領事保證金那一關，也是靠一父執輩朋友的銀行戶口幫忙的）。

我取 University of Washington 而捨 University of British Columbia 的理由無非是個人的關係。因為先師濟安先生當時常在那兒走動，我想我在美國就不愁寂寞了。

就這樣，我拿了船票、幾件簡單的衣物和美金一百二十元的現款，搭上了克利夫蘭總統船，趕着到西雅圖去升學。

船一離開香港，就懷念香港。是的，香港是英國殖民地、是文化沙漠、是藏污納垢、是安全無保障、是貧富懸殊最顯著、社會制度最落後……的地方，但不知怎的，船一離開港口，我眼睛就濕潤起來。以前離港赴台升學，或畢業離台返港，與未婚妻告別，我沒有傷感過。

因為儘管香港在別的地方怎樣一無可取，這畢竟是我土生土長的地方。而家鄉就是家鄉，住在這裏的居民百分之九十是我的同胞，而我在日常生活中又不必與英國人打交道，所以我一直未把它看作殖民地。以往我每次離港赴台，不覺難受，無非因為港台近在咫尺，心理上從無離鄉背井之苦。而現在不同了，離鄉背井不算，到了美國後怎辦呢？房租、學費、膳費、交通費一無着落。反觀與我同船去的同學，一攀談起來，原來每人手頭不但攜有比我多十倍至二十倍的現款，而且要嘛是在美、加有親人照顧，要嘛就是在港父母有相當的經濟基礎，一有急需，拍一急電，就有後援。

而我有急需時，拍電給誰呢？朋友多，但均屬有心無力之人。晚上睡不着時，獨坐船面，放目一看，真是「天蒼蒼，海茫茫」，好不淒涼。當年唐僧取經，歷盡艱苦；但玄奘是個有信念的人。而我呢？我現在去美國，是為信念而去嗎？為讀書而去？為謀生而去嗎？為爭一口氣而去？還是為人去我去而去呢？

現今想來，當初赴美的動機，是謀生與爭氣居多。我自小吃盡不少苦頭，能唸大學，深覺此生於願已足。在唸大學前，人生大志，不外兩飯一宿而已。唸大學後，眼界確是開了不少，然而囿於少年餓飯的經驗，故對安定生活之追求，熱衷如前。因此，假如我台大的學士學位，在港找工作不被歧視（不要說能如港大學位那麼吃香了），而我又能找到一份官立或津貼小學的教職的話，我不會離開香港。或如國泰公司錄用了我，我不會離開香港。或友聯研究所能給我全工而薪水又不如此菲薄，我不會離開香港。

這樣看來，我當初離港赴美時的動機和心情，與數十多年前我國閩粵同胞，因覺在原居地謀生不易而紛向海外謀發展，其情形不無大同小異之處。所不同者，教育程度而已，名目不同而已：廣東華僑到「金山」去做苦工，而我則去唸「研究院」！

抵舊金山後，就隨着三兩同學，乘計程車到唐人街去，在該地區內找了一間三塊錢一天房錢的、簡陋得無可再簡陋的旅館。洗過澡後，就隨着同來的同學到外面吃晚飯。我們在街上轉來轉去，看到裝飾稍為像樣的餐館就卻步不前。幾經辛苦，總算找到一家不設餐廳，專做門市生意的「小吃店」（進門就是一張馬蹄形的櫃枱，沿着櫃枱的外邊，設有長腳的圓櫈）。操着台山口音的侍者遞給我們每人一杯冰水，然後就木然的站在我們面前，聽候吩咐。我們每人拿起擺在面前那份簡單的菜單，一看，嚇得死去活來。

當時在那餐館內嚇得大驚失色的不只是我，幾乎每個初由香港或台灣赴美的人，在美國第一次上館子或看電影，都一定有過嚇得臉無人色的經驗。其實，過後想來，在舊金山吃館子，唐人街內的中國餐館，已算價廉物美的了。我要的揚州炒飯（餐牌內能果腹而又最便宜的），賣的是八毛錢。對在美國賺錢美國用的人講，八毛錢吃一頓飯，不能再便宜的了。但對剛從遠東來的窮學生講，實在肉痛得很。算港幣，差不多四元五角（其時匯率是一對五六左右）；算台幣，三十多塊錢。吃一碟揚州炒飯就花去我在港工作的半天薪水，能不傷心？

飯後回到旅館，洗過澡後，躺在床上，掏出所帶來的現款，一元一角的點存，越點越寒心。因沿途經過日本和夏威夷時，已用了三分之一，剩下的，尚不足百元之數。怎麼辦？離港前，聽別人說美國名貴的手錶和相機很值錢，所以我便以部份現金買了一隻四百多元的奧米茄手錶和一個名廠的德國相機（牌子已忘），準備一有機會，便謀「脱手」。這也是我目前除了那幾十元美金外的唯一財產。

想着，不久便睡着了。

第二天起來，拒了別的同學的早餐約，自己溜到外面去買了幾個麵包回來以「白自來水送服」。

九時左右，搖電話到加大中國問題研究中心去找夏濟安先生。一聽到他自電話中傳來的聲音，親切有如家人。他問了我住的旅館名字後，就説下班後立刻來找我。不過他若不能準時到達的話，叫我不要大驚小怪，因為他剛學會了開汽車不久，自律甚嚴，開起車來時，唯恐爭先，絕不怕後，此其一也；其二是不走大街，僅鑽小巷；三是上下班擠車時間內，絕不越馬路的半步雷池。

果然，濟安師抵旅館時與原定的時間（六時左右）晚了差不多兩個鐘頭，害得我腹饑如雷。進來後，他一屁股就坐在床上（房內僅有一張椅子），拿下煙斗後，就催我快走。

「我們趕快吃飯，飯後還來得及看九時半的電影。」他神采飛揚如昔，口吃的習慣如昔，異地相逢，倍增親切之感。

「看電影？」我有點驚奇的説。在香港，不到三毛錢美金就可以辦得到的事，何必要在此地花兩三元去看。

「唉，我不是說要帶你去看婆婆媽媽的美國片。今晚湊巧是 Ingmar Bergman 的《處女之泉》最後一天，錯過了，又不知哪一天才能看到了。」

提到 Ingmar Bergman，我眼前一亮。在台大做學生時，常聽濟安師說歐洲片怎樣了不起，要是我看過的話，以後就不想看美國片了。而 Bergman 是先生常常提到的一個。《時代周報》那一期 Bergman 特寫出版後，他還特別介紹給我看。但閱讀有關某一導演或明星的文章，充其量只是隔靴搔癢而已。想不到剛抵美國，就得償了我在台灣四年而未得一償的「所願」，不亦快哉。

我們乃從旅館走下來，到附近一家中國飯館去吃晚飯。一坐下後，濟安師提議先喝點酒，問我要什麼。我那時對喝酒全無心得，乃隨意說了啤酒。他說今天晚上機會難得，別喝啤酒了，以後喝啤酒的機會多着呢。我說我實在不懂喝酒的名堂，隨便他代我叫什麼都好。

穿着紅緞子短衫褲的女侍者送來酒牌，他不假思索，乃要了兩杯 Old-Fashioned，跟着點菜。雖然是先生請的客，但為了不影響食慾，故拒絕參加意見，以免看到菜牌上所列的價錢。濟安先生要了三菜一湯。菜做得不壞，在美國，除了紐約和華盛頓外，休想在其他地方吃到這麼「還不壞」的廣東菜了。

晚飯後就隨着濟安師去找泊車的地方。他說記得泊在「這個街口」，結果呢，一連走了四五個類似「這個街口」才找到他一九五二年的Buick。上了車，他告誡我說，從現在起到找到戲院為止，不要再跟他說話了，「好讓老夫從容處理」。我當時尚不會開車子，所以他開車是否如別的朋友所傳的那麼「緊張」已記不清楚了。

在進場前，濟安師買了一本Bergman的劇本送我，叫我有空時把它讀完。*Virgin Spring* 不是 Bergman 的扛鼎之作，但卻是我看這個瑞典大師的第一部作品，故印象特別深。自此以後，一有機會，就看他的電影，如 *The Seventh Seal, Wild Strawberries, Through a Glass Darkly*，方知此公名不虛傳。

送我回旅館後，先生吩咐我翌日到加大去看他。

第二天起來，吃過早餐後，向櫃面要了張舊金山的地圖，然後按圖索驥一番，乘火車到加大的柏克萊校區去。

先生的辦公室堆滿了令我觸目驚心的《人民日報》、《紅旗雜誌》等書刊。

「想不到我有這一手吃飯本領吧？」他咬着煙斗，笑着問。

我苦笑。如果中國不是亂得這樣子，如果加大能讓他教中國文學，如果，如果，總之，如果他能夠不分散精力，專心研究中西文學，那多好。但我不想把我當時的心事告訴他。因此我只淡淡的說：「每天讀這些教條文章，不會悶死麼？」

「我開始時也這麼想，」他說：「但日子久了，我就自自然然的變成了Camus筆下的Sisyphus。換句話說，我學會了Sisyphus苦中作樂的方法，我們學文科的人，就有這種條件。《人民日報》和《紅旗》的資料是死的，是Sisyphus每天推動的石塊，但我們的註釋是活的。毛澤東說了句什麼話，我們可從心理學、語意學、歷史學等立場來分析這句話。如此一來，一句枯燥無味的句子，成了我『心靈活動』的大好材料。簡單的說，我不過是從共產黨的文章去找我自己文章的題目和資料而已。」

這種治學方法，可在〈五烈士之謎〉（"Enigma of the Five Martyrs"）一文中，見梗概。他在文前這樣說：

The present study is an essay in the literature and politics of modern China. In the lives of the so-called five martyrs who were executed in early 1931, I am trying to discover the character and spirit of an age. The subjects of my study Hu Yeh-p'in, Jou Shih, Feng K'eng, Yin Fu, and, Li Wei-sen were writers of small talent.

這幾位「烈士」的一生對立場不同的人，也許沒有什麼興趣，但他們的生平和經歷卻供給了先生「心靈活動」的大好資料；使他能以他們的遭遇，勾畫出近代中國的悲劇和整個時代的精神。

我聽了之後，暗暗佩服。怪不得人家說，一個訓練有素的文學批評家，在選擇寫文章的對象時，不一定着眼於名氣大的作家。他要選擇的，倒是那些有機會給他表現自己特長的作家，那些令他生出一種「個人興趣」的作家。只要這些條件符合，那麼，即使這位作家的名字如何的不見經傳，作品如何不成氣候，他的批評文章也一樣會寫得精彩。因為他寫的，有時不是那作家，只不過是利用這作家來反映自己的學問和才情而已。

這大概就是先生所指的「借題發揮」吧？

在辦公室內坐了一會，午飯時間已到，先生乃叫我留下來，要帶我到中國館子去吃飯。

午膳時間，加大學生紛紛從課室出來，好一群群的綠女紅男，看得我眼花撩亂。在香港和台灣，雖說平日有不少與洋人接觸的機會，但所看到的女人，要不是怪聲怪氣的女傳教士，就是矯揉作態的美使館或美新處職員的太太或千金。總之，生平未見過這麼多開朗、明快、自然而身材健美的西方少女。眼前為之一亮，自不待言。

先生見我頻頻回首張望，打趣說：「頭一兩年先靜下心來讀書吧，別這麼快給蜘蛛精迷住了。其實，好看的美國女孩子，都在中學，不信我們到前面那家中學瞧瞧。」

吃午飯時，濟安先生問起我的經濟情況。我據實告之，並問他有無賣手錶及相機的門路。他聽後大笑，並問誰出的主意，該打。照他看，我帶來的手錶和相機，能賣回老本已算幸運，不說賺錢了。他這樣分析：美國不像香港台灣，對衣着用品很隨便，普通家庭要買相機，除非是對攝影真有研究的，否則買的只是十元八塊的本地貨色。至於手錶，十元左右一隻電子錶Timex，經濟可靠，誰會花一二百元買外國貨？花得起這些錢的，就自己會跑到大商店去挑選合心意的，用不着跟我買了。這並非是說美國人比「香港人」高雅，無先敬羅衣後敬人的習慣，而是他們表現「體面」的方法，比我們花錢花得多。他們的窮措大是把「體面錢」花在汽車上的（尤以黑人最多了）；不像我們在香港的人，在墨水筆、手錶、衣着，甚至鞋子方面下功夫。我在美國七年多，確是沒見過我的學生或同事中用過一支金碧輝煌的六一派克或金光燦爛的勞力士手錶。我所看到的，大多數是三兩毛錢一支的原子筆。

（老師的話，不幸言中。以後我在舊金山和西雅圖兩地的相機店和手錶店中，走了不知多少遍，只望能原價出售，但全碰了釘子。幸好後來一位早我好幾年從香港去的同學，見我快彈盡援絕，以原價給我買下。）

先生聽了我的經濟情況的「報導」後，覺得我此行實在太冒險，不過既然來了，只好見機行事了。接着他說他自己目前也無保障可言，Rockefeller基金會的錢用完後，不但無後援，而且按理說是該回台大的。現在既然決定不回，要待在美國，那只好做着打雜式的工作了，能待一天算一天。

他既然提起了要在美國待下去，我乃趁機問他：「那麼台灣那邊怎樣交代呢？照我所知，英千里先生和外文系的同學都希望你回去當系主任。」

「這個我知道，我亦因此事寫了一封『陳情表』式的長信給沈剛伯院長了。我留在美國，比留在台灣有用得多了。」

這是夏先生慣有的幽默。

「是，你的簽證會不會有問題？」我問。

「當然有。」他說。

「那怎辦？」

「我現在也不知道，走着瞧罷，好在這兒熱心幫忙的朋友着實不少，相信移民局不見得會驅逐出境的。說來你也會覺得好笑，我們唸文科的中國人在美國，身份真有點像 Bergman 片子中的『魔術師』，為了混口飯吃，什麼法寶都得出了。」

聽了先生這番話後，我心中頓時百感交集。先生這次來美，名義上是台大與華大交換教授；結果從華大赴台教書的美國教授如期返國了，而先生卻一來不返，弄得當事人非常不快。聽說經過這次「教訓」後，這個「交換計劃」就從此取消了。而先生亦因此而惹起很多同事對他的詬病。

午飯後，乃向先生告辭。他告訴我不久就會回西雅圖去，叫我到時到他辦公室找他。最後他還給了我一張名片，介紹他一位在西雅圖的美國朋友給我。

就這樣，我離開了多采多姿的舊金山，乘火車到西雅圖去。

西雅圖的朋友直接認識的同學僅有叢甦；間接認識的有香港去的同學馮君。蒙馮君的幫忙，在我未抵西雅圖前已替我找到了一間月租三十五元的小房間，有公用廚房。而且最大的優點是離學校不遠，走路十分鐘可到。

付過房租後，口袋裏的現款僅餘五十餘元，心中焦慮之情，自不待言。但記得十六七歲那年，任職於一書店當售貨員，當時窮極無聊，曾多次就教於江湖相士，均說我手中「長有雙重生命線，遇事有驚無險，逢凶化吉」。

現在身處異鄉，盤川將盡，職業無着，且看這回怎樣「逢凶化吉」。

幸好同屋住的，有兩位中國學生：一個是姓容的，從台灣來；一個姓丁的，從香港來。我香港出生，台大畢業，在這種環境中，真是「左右逢源」了。相談下，非常投機，因知我目前困境，處處給我幫忙，使我省去一筆置傢俱雜物的錢。

美國生活，尤其是吃的方面，如果單求營養價值，不講享受，不見得比香港貴出多少。罐頭食品、雞蛋、牛奶、麵包、雞（尤其是肝臟和翅膀）、包心菜等，都便宜得出奇。一頓飯，自己在家裏吃，平均兩三毫錢也可以解決了。

當務之急是找工作和籌借學費書籍費。

華盛頓大學學制為 quarter system，即分春、夏、秋、冬四季，季季可入學。我的入學證是春季（二月）入學的，移民局虎視眈眈，不能賴着不繳費上課，先去做工。

等了一個禮拜，「奇蹟」沒有出現，短工沒有找到而學費不得不繳。想來想去，只有乞援於在加拿大讀工的、給我買船票的老友。他寄了二百元來，又濟了我一次燃眉之急。

選課方面，叢甦提供了意見，說我初來，最好先選那些對外國學生（尤其是中國學生）有「同情心」的好；但是否如願是要經過我系裏的導師通過。叢甦教我選 James Hall 和在台大客座過的 Jacob Korg 教授。到註冊之日，我循例要去見導師，要他在我的選課證上簽名。

那位導師是位冷面孔的中年人，咬着煙斗，坐在轉椅上，一見我來，給我上下打量一番後，叫我坐下。我心中想：我剛從香港來，繞了半個地球，他一定會像我平日在電影上看到的美國人一樣，看到外國朋友來探望他時，「欣喜欲狂」，老遠就站起來，牢牢的握着你的手，然後在你肩膊上重重的拍一下……

「你看過了我們這學期開的課了？」他一本正經的說。

他竟不問我是幾時到西雅圖的，房子找到了沒有，東西吃得慣不慣，在此地有沒有朋友，有沒有美國朋友……

「看過了。」我說。

「那你心目中想選哪幾門課？」

我把叢甦推薦我的兩門課說了出來。

他聽後，把我台太的成績單拿出來看了看，居然給我寫下 James Hall 的「現代英國小說」和另一位已忘其名的教授的「美國文學」。

離開導師後，轉頭去找 Jacob Korg 教授。

Korg 是猶太人，三十多四十歲的年紀，據叢甦說是華大英語系 struggling assistant Professor，亦即「力爭上游」的助理教授是也。我與他在台灣有數面之緣。

大概因為他是猶太人和受過中國人「人情味」洗禮的關係，見面時，相當熱情。我告訴他，我沒選他課的原因，乃是因為我的興趣不在詩，而在小說。其實，我當時的考慮還不止此。我的顧慮是恐怕我選他的課後，功課萬一追不上時，而他與我既是「熟人」，恐他為難。不過，照我後來在美多年的觀感，我這種心理，完全是中國人的想法；洋人根本不管這一套的。在印第安那讀書時，就聽來了這麼一個「故事」。該校英語系名教授 James Cox（為馬克吐溫和佛洛斯特專家）平日以愛與學生說笑與平易近人見稱。一年暑假開課，外校學生從美國各地來選修者眾。有一學生功課極差，但與他「私交」最好。大考完後，這位學生乃拉他到酒吧喝酒，並藉此機會告辭（暑假結束返回原居地也）。酒酣耳熱之際，此學生極替乃師捧場，說選他這一課，獲益良多等等。最後當然是問他自己的分數。Cox不慌不忙，說：「你拿了個『F』。很抱歉。這次酒錢我付好了。」

Jacob Korg 說待我安頓下來時，要帶我到他家去，並請我吃飯。這是抵美後第一位美國人約我吃飯，心中自然很是感激。

開課那天，心情異常緊張。在台大唸書時，認識了幾位由英國、加拿大、美國、日本和韓國來台的學生。除了日本和韓國學生真能聽、講、看、寫中文，可以在台大做個真正的學生外，我那時尚未遇到一位「洋」學生，其中文程度可以與中國學生接受「同等待遇」的。那就是說，聽同樣的課、寫同樣的讀書報告、考同樣的試等等……。

而我在這裏，會遇到這種同情的照顧麼?

第一課是「近代英國小說」。記得要讀的書如下：1. *The Ordeal of Richard Feverel*, by George

Meredith. 2. *The Portrait of the Artist as a Young Man*, by James Joyce. 3. *The Turn of the Screw and Daisy Miller*, by Henry James. 4. *A Passage to India*, by E. M. Forster. 5. *The Secret Agent*, by Joseph Conrad. 6. *The Heart of the Matter*, by Graham Greene. 7. *Point counter Point*, by Aldous Huxley.

這七本書，得在七個星期內讀完，因全學期的課，僅有八星期。如果以這標準，一門課七本教科書，三門課就要讀二十一本書了。換句話說，選三門課的話（我因新來，且是外國學生，故只先選兩門；但普通美國學生少則選三門，多則選四門），每星期平均要讀三本書。此外還得看參考書籍、寫報告、考試，與一般美國同學同等待遇！

James Hall 教授是南方人，康乃爾大學畢業，說話時聲調極低。第一節課完後，我聽不進二十個句子，心中發急。後來與叢甦談起，始知她剛來時也有此問題，三兩個月後，就會習慣的。不過她建議我最好找 Hall 談談，因為據她所知，此教授對外國學生有特殊同情心。以前有一日本女孩子修他的課，他在大考時特地多給她半小時答題目。我問叢甦自己怎樣，她說自己後來倒趕得上，不要這種特別待遇。

大約過了三個星期，我在西雅圖的第二位朋友馮君來了電話，告訴我她姨母給我找到一份餐館侍者的工作。每星期工作兩天（週六、週日）每天工作十小時，時薪一元二角，連小賬算起來，每小時可賺兩元左右。

以我當時的環境和需要來講，不說每小時二元，就是每小時七八毛，無小賬，也得去做，因為這是真真正正的 Chinaman's chance。（其實，說是十小時左右，但因飯館位於郊區，加上來回路程，開舖前和打烊後的準備，每次最少得花十四小時。）幸好與我做「同事」還有一位香港來的學生李君，十九二十歲左右，來此唸大學。

老闆是個四十歲左右的中年人，身體結實、孔武有力（那次看他揮動着掃把將店內一個找麻煩的醉鬼攆出去，其「我武維揚」的神情，恰與好萊塢電影中所見的奴顏婢膝的「中國人」成鮮明對比），對店中業務，可說事無大小，一律兼顧。廚房人手缺乏時，他下廚煮菜；跑堂的有告病假時，他穿起號衣，馬上上班。一望而知是白手成家的人。

可是我第一次穿起號衣來，卻不是那麼容易。

我少時雖做過多項行業，七八歲時做過賣報小童、十四五歲當過印刷店學徒、做過書局賣貨員，走過經紀……可是嘛，就想不到要在這裏穿起白色號衣來服侍美國的少爺、小姐和老太爺、老媽子。而且，賣報和當學徒時，我中學都沒有唸過，根本沒有「斯文掃地觀念」；但我現在是台大學士、華大英語系的研究生啊。

老闆當然不知我在想什麼。他從貯物室裏拿了兩套白制服出來，就操着台山話對我說：「來，『細個』，到廁所去試試看。」

我拿了號衣走進廁所後，馬上對鏡自照，看看未穿號衣的我和穿上號衣的我在相貌和人格上有什麼分別。聽説有許多從台灣或香港來的中國女孩子，在飯店找到工作，第一次穿起號衣時，都難過得哭了出來。以前是「聽説」而已，如今是親身體驗到了。説到「難過」，我雖是男人，又怎能免？但轉念一想，我一個禮拜來兩天，一個月最少也有一百五十元的收入。一百五十元差不多是一千元的港幣，在香港，八十小時哪會賺到這數目？「跪地餵母豬」，看在錢份上，反正這差事也不是幹一輩子的。

換了號衣，瑟縮地走了出來。還未到開門時間，乃幫着「同事」李君，做些準備工作，如加添瓶子裏的糖、鹽、醬、醋等。

「你在這裏做了多久了？」我一面用濕布擦着椅子，一面問。

「快到半年了。」

「你……」我一面指着自己的號衣一面問：「你第一次穿這東西時，怎麼感覺？」

他起初不明我所指的「這東西」是什麼東西，後來看見我手牽着衣領，一臉尷尬的樣子，恍然大悟，説：

「哦，這個，還不是你目前這個樣子。不過你不要擔心，一個禮拜後你就『麻木』了。你現在穿上這制服覺得不好意思，慢慢你大概會像我一樣，下了班，為了懶得換衣服，乾脆就穿着號衣赴朋友的約會。」

我聽了有點不太相信，怎可以，教同學看見多難為情？

他似乎看出我的心事。

「別擔心嘛，」他說：「我騙你幹嗎？這種事我看多了，Helen 剛來時，哭着不肯穿號衣……」

「Helen 是誰？」我問。

「就是你這份工作的前輩，也是香港來的過氣千金。」

「現在呢？」

「上個月辭職不幹了，她在這裏跟我做了三個月的夥計，觀念倒是一下子通了，唯一受不了的是酒鬼客人有時對她毛手毛腳。」

「怎麼會？這兒是飯館，又不是酒吧。」

「可是隔壁是酒吧，你等着瞧吧，早上一時左右，酒吧打烊後，我們做的，差不多是酒鬼生意。」

「那多可怕。」

「不見得。這裏一帶無水兵。來的客人大都是白領階級，他們一個禮拜賣五天的命，一到週五晚，就到酒吧來發瘋。除了偶然有一兩個例外，很少有喝得爛醉的，因此招呼他們並不麻煩。」

「既不是喝得爛醉，怎會對 Helen 毛手毛腳呢？」

「咳，真的喝得爛醉的人，連手腳都舉不起來。別說毛手毛腳了。只有七分醉意的人才會『借酒行兇』。」

「這真欺中國人太甚了。」

「但換一角度來看，我們也難說他們是『欺人太甚』。」

「這話怎講？」

「很簡單，喝醉進來毛手毛腳的，女人也有。上個禮拜我就看到一個三十來歲的女顧客進來，瘋瘋癲癲的，大吃我們老闆豆腐，說了許多挑逗性的話。可見他們醉了就什麼都來，男的對女的毛手毛腳，女的對男的毛手毛腳，倒不管你是中國人或日本人或洋人。」

「那你有沒有碰到對你『毛手毛腳』的經驗？」

他對我眨眨眼，說：「現在不告訴你，你自己走着瞧罷。」

時而各種準備工作就緒，老闆過來叫我們先吃點東西，因為馬上就要開門了。

吃飯時，胃口極好。這幾個禮拜來吃的都是自己做的飯。一來不會做；二來為了省錢，差不多天天都是吃牛奶、麵包、熱狗，吃得口都膩了。現在吃的，雖然不及香港一般中國菜館燒的好吃，但我這個吃慣馬鈴薯的人說來，真不啻是山珍海味。

老闆在這時告訴我他店裏小賬的規矩。他説店裏一共有十二張卡位，四張大枱，因此我們四人（侍者）每人分管三張卡位，一張大枱。顧客進來，老闆娘親自帶位，依次序分配到我們「屬下」的枱子去，以防一些人太忙，一些人則無事做。

小賬的攤分，也是依此辦法。美國普通餐館客人付小賬的辦法，非常「講良心」：小賬是放在盤子底下的。既然他是拿着賬單到櫃面付帳，所以小賬付多付少，全講良心，你不能像香港侍者那樣對他虎視眈眈。

老闆一面對我講，我一面覺得臉紅。老闆看不出，李君卻是旁觀者清，笑着對老闆説：「現在別跟他説罷。今天晚上，我包管他連客人放在枱上的小賬他都不好意思去拿的。」

我真氣不過，我的心事，他全猜中了。是不是過來人的關係？

老闆倒是非常能體諒新夥計的苦衷，説我新來，今天晚上只管兩張枱子好了。其餘兩張，由老闆娘暫時代勞。過三四天，學習期滿，再接班不遲。

離開營業時間尚有半小時，我拿了一份餐牌，把菜名和餐名重溫一次。我説「重溫」一次，乃因我正式「上班」前四五天，已託馮君代我拿一份餐牌回家，翻着字典學習，遇到字典也不能解決的疑難時，乃就教兩位以前也幹過「飲食業」的中國同學，如 Won Ton Soup（雲吞湯——即餛飩湯）；如 Charp Kum Chau Mien（什錦炒麵）等等。

（其實，同樣是托盤生涯，在中國餐館裏工作比在西餐館裏工作舒服多了。西餐的吃法，名堂也怪多的。客人吃牛排時，得要問清楚他要「生吃」、「半生吃」、「半生熟吃」或「熟吃」等諸如此類的吃法。吃一個區區的雞蛋，又要分「炒蛋」、「荷包蛋」、「半熟蛋」、「滾水蛋」、「朝陽蛋」等等，名堂之多，初習托盤者，實難應付。）

開市後，忙得方寸大亂。照理說，我十來歲時在香港一家計程車公司做過電話接線生，能在同一時間內接聽兩個電話，一方面又得抄錄一大批司機匆匆忙忙報上來的路程紀錄。這種訓練，可說得上是「耳聽四面、眼看八方」。在餐館裏當侍者，一方面要招呼客人茶水，一方面要聽候客人點菜、記賬單、然後把菜名報上廚房去——這些這些，都用得着我以前所學得來的一心二用的修養。

但這種本事，用到搬「雜碎」來，大打折扣。原來美國一般中國菜館的炒麵和雜碎，粗看起來，一模一樣。所謂「雜碎」，不過是把綠豆芽、芹菜、白菜或青豆之類切成細條，拌着肉絲或雞絲來煮（有些菜館甚至乾脆把肉絲切好，放在菜面上）。「炒麵」呢，簡單得很，雜碎加炸麵而已。這兩個菜式，對有經驗的侍者來說，當然一眼就分明白；但對初出茅蘆的人，卻真是雌雄莫辨。

也許是我自己倒霉，第一天上班，就碰上七八個客人在同一時間內要炒麵，要雜碎。其狼狽情形不難想像。

廚房窗口擺着的東西，凡是有把泡熟了的青菜絲堆成一團的，我皆以雜碎目之。結果當然出了許多陰錯陽差，要吃炒麵的客人，吃着了雜碎。幸好我當晚在招呼客人前，早就向他們聲明我是新手，服務有不周時請他們多多包涵，不然那天晚上可能弄出不快的事來。除了向客人道歉外，補救辦法也簡便得很。要炒麵而得雜碎者，可多拿一小碟炸麵條與之；要雜碎而得炒麵者，把炸麵條拿開。

當晚打烊結賬，得小賬五六元左右，管的是兩張枱子，能得此數目已算不錯。但李君告訴我，小賬收入多寡，每天不同，全無準則，因此很難列入預算之內。不過，除非生意特別壞，或者是遇到的客人特別無「同情心」，以他的經驗說，一個月（八天）下來，將可以拿到六十至八十元左右，加上薪水，就是一百六七十元了。

老闆幫着我們把關舖子的工作做好後，就開車送我們回市區去。回到家時，已是清晨三時多，洗過熱水澡，躺在床上，真是萬籟俱寂，照理說，經過十多小時的體力勞動，一躺下，就睡着了。但那天晚上，我連服了兩次鎮靜劑都無法入睡，矇矓間，老是聽到炒飯、炒麵、酸甜排骨、杏仁炸雞……。

這實在是太不尋常的經驗了。我在那裏工作僅一天，就增長了不少見識。今天晚上，就看到一對中年夫婦進來，要了兩份相當於客飯的菜，然後叫我把刀叉搬開，換了兩雙筷子，看樣子，是中國飯館的常客，說不定還是個「中國通」呢。誰料我把筷子拿來時，嚇得幾乎掉了眼鏡。原來他們夫婦二人正拿着醬油瓶，打開茶壺蓋，把醬油往裏面倒。跟着，又加了白糖，用筷子調了調。

他們見我看得目瞪口呆，做鬼臉說：「我知你們中國人看不慣，但我們卻覺得其味無窮，你要不要試一試？」

我連忙擺手搖頭。醬油、糖加在中國的清茶上，真是怪事。幸好這是在菜館吃飯，而菜館用的都是賤價茶葉，如果這對夫婦被邀到舊日中國士大夫或懂得生活藝術的有錢人家裏作客，把上好的中國名茶如法泡製，那真是野蠻行為了。不過，話又說回來，法國人若是看到在香港的中國人喝上好的 cognac 時加上冰塊不算，還要再調「七喜」或「可口可樂」之類的飲料，心中會一樣難受。

但造成我失眠的最大原因，還不是這種新知識、新經驗。

造成那天晚上失眠的原因是功課的問題。我來此是讀書的，而且，以我目前的環境和處境來說，此行只許成功，不許失敗。唸得不好，不及格，那不但無面目見香港父老，而且，最重要的是：移民局不會準許我做散工。如果真的不幸落到這個田地，怎辦？香港不能回去，美國不能留，那怎辦？

而我現在選的那兩門功課，要好好的唸，一天非得花上八九小時不可。看中文小說，雖說不上一目十行、但一個鐘頭看四五十頁（嚴肅的）至一百頁（輕鬆的如武俠小說等），總可辨得到。但看英文呢，可不簡單了，上星期翻開了Joyce的 *The Portrait of the Artist as a Young Man* 來看，就已洩了氣，一個鐘頭下來，只似懂非懂的看了十多頁，生字也來不及查字典。看書外還得要做筆記，看參考書，寫報告。

星期六星期日無課，本應好好利用，將勤補拙，但為了吃飯繳房租和學費，這兩天假期就在雜碎炒麵叫賣聲中消磨去了。這還不算，每次「上班」，一站就站十二小時，回來時腰酸背痛。一晚休息過後，體力仍難復元，第二天起來，拿起書本，精神無法集中，跑到課堂去聽課，老師講的，更不知所云。

這樣子去讀研究院，唸得不好是意中事。但我又不能不唸下去，更不能不工作下去。如果我國當年留學生如徐志摩等人，處於與我相仿的環境，每值失眠之夜，會否寫出：

我常夜半憑欄杆，
傾聽牧地黑野中倦牛夜嚼，
水草間魚躍蟲鳴，輕挑靜寞。

這種精彩的句子？

在床上想着想着，心事越來越多，越無法入睡，一看鐘，已是早上六時多。這個時候若在香港或台灣，老朋友老同學多，去電話把他吵醒，同喝早茶，一吐宵來積鬱，對方雖不一定能幫忙，但若能在他們面前發頓牢騷，罵一兩聲——「他媽的」，心中也許會舒服些。這種朋友，在西雅圖哪裏去找？即使有，美國不同香港。在香港，你早上六七點鐘打電話給他，把他吵醒，他心中可能會大不高興，甚至開玩笑式的罵你一聲「龜兒子」，但除非早有約會，否則必來。在此地呢，可不同了。每個人有每個人的工作和功課，平時難得有機會睡覺，怎能聽你發牢騷？

想到朋友，想到早茶，使我越加懷念香港來，決意哪一天拿到碩士學位，哪一天就飛回香港。肝膽相照的朋友，淺水灣頭的月色，香港仔的海鮮艇……我幹嘛要待在這裏受洋罪？

一想到香港喝早茶時所吃過的各式各樣點心即微覺饑餓。但吃些什麼呢？這幾天，為了忙於看書和寫報告，已吃了三天烤麵包和煎蛋了；現在一想起烤麵包心中就發毛，但家中除了牛奶麵包和雞蛋外，什麼都沒有了。超級市場一個多星期沒去了，髒衣服也堆下了一個多星期，房子也多天沒收拾，亂七八糟，唉，假如未婚妻的媽不如此……。

一想到兒女私情方面的事，我腦中馬上亮了紅燈，禁止自己不要想下去。一想下去，讀書不成，工作做不下去還不算，一定會變得憤世嫉俗的；因此一翻身，胡亂擦兩把臉，漱漱口，就走出屋子來。

離住所不遠，就是一專賣咖啡和 doughnut（油炸餅的一種，中空，樣似汽車胎）的地方，半邊鋪位，無卡座，只在櫃台邊設了七八張豎凳。招呼客人的是兩位中學生模樣的美國小姐和她們的父親。父親忙着做炸餅和調咖啡的工作，小姐們則一邊招呼客人，一邊收錢。這兩位姊妹花美國小姐，是我到西雅圖以來所看到的最漂亮的小姐（濟安先生的話說對了，美國美人真的要在中學裏找，一到大學，就開始「遲暮」了）。妹妹更美，十六七歲左右年紀，黑頭髮，藍眼睛，身材約是五呎五吋，皮膚潔白，一看到客人來，就咧着嘴笑問道：「Can I help you?」這兒賣的僅是咖啡和餅食，每次交易頂多是兩三毛錢的生意，可是進來光顧的人，不分貴賤，一律都得這種禮遇，心中自然十分高興。

我起初也不知有這麼令人「賓至如歸」的去處，後來經介紹我工作的馮君帶我來過一次，以後下了課，必至此地喝杯咖啡才回家。幸好美國小姐從小就習慣社交應酬，遇到男人盯着眼睛看自己，不管是有意的也好，無意的也好，一樣能夠進退自如，毫無忸怩之感。

現在我大清早趕着來「喝咖啡」，也是一種難名所以的衝動。不錯，我現在可算是落魄異鄉了，精神委靡，前途渺茫，在在需要朋友——尤其是異性朋友——的鼓勵和安慰。但你算是她什麼人？你連她叫什麼名字都不知道。而且，你的年齡，你皮膚的顏色……。

但這些考慮不但沒有阻止我，我還加緊了腳步走。管它呢，反正我沒有什麼企圖，只是昨晚看了那麼多酒鬼的嘴臉，現在非要看看這一張新鮮的和明豔照人的面孔不可。

誰料連這麼一個卑微的願望都沒有達到。原來此時才不過是清晨七點多，而這咖啡店要到九時才開始營業。

咖啡店既未開門，肚子這時微見饑餓，乃只得胡亂在附近找了間小餐館，吃了一客三明治，喝了三四杯黑咖啡。

走出來，陽光耀眼，身體雖然累極，睡意已全消了。西雅圖，尤其是華大校園附近一帶，真是很美。記得叢甦在一九五九年底，發表了一篇〈西雅圖的秋天〉，以小說家的筆法，描寫這美國西部名城。那時她初抵美國，我在台大也是個準畢業生，雖明知在經濟上無能力出國，但對同學先進到美後發表的觀感之類的文章，一直愛讀（這心理與落後國家的窮人愛看好萊塢設備得金碧輝煌的片子相同）。叢甦這篇散文，我讀了又讀，愛不釋手。

誰料到，我今天居然來到叢甦筆下的西雅圖了。但這是春深時分，加以西雅圖氣候溫和，早上和晚間，穿一件毛線衣就夠了。

我漫步在校園內。今天是星期六。學生比平日稀少。女孩子身材好的，這時大出風頭，她們多愛穿上鮮豔的套頭毛線衣，短花裙，在校園內花枝招展的走來走去，令意志不堅的人心搖魄蕩。

我走進了圖書館。反正睡不着，不如利用上班前的幾個鐘頭，找些參考資料。

好容易在閱覽室裏找到一個位子，坐下來，攤開書，正打算全神貫注，讀幾個鐘頭書，誰料坐下不久，即發覺此閱覽室實非閱覽書報之地：左看看，一男一女靠攏而坐，正在眉目傳情；右看看，又是一對男女，先是交頭接耳，後來暗暗而笑。原來這些學生，來此志不在讀書，而是找所謂 library date（圖書館伴侶）。他們在圖書館打情罵俏一段時期後，就相約出外，另有節目。

此情此景，怎能讀書？

於是匆匆把書收好，將阿Q借屍還魂過來，低罵一句「狗男狗女」才走。書不看也罷，尚有四個鐘頭，就得「上班」去，該回寓所休息一下。

Jacob Korg 教授來過電話，約明天晚上到他家去吃飯，他開車子來接。「到過台灣去的美國人真的不同，居然給我『洗塵』了。」我心裏想。

第二天在飯館所得的小賬和經驗與第一天差不多完全相同。唯一不同的是，收小賬時，已不像昨天那麼尷尬。老闆説我進步很快，下星期起就可以獨當一面了。

下班回來，一躺在床上，就渾身癱瘓似的，動彈不得。也難怪，整整緊張了近三十小時了，又加上短了一天的睡眠，腦袋裏雖然現在仍亂麻麻的，日間的心事雖然仍無解決辦法，但我非得休息不可，否則要鬧出病來，而一生起病來，連馬鈴薯也沒得吃了。

對了，明天 Korg 請吃飯。

第二天起來，已是十二時多，一共睡了八個多鐘頭，精神雖不能説完全復原，但比昨天好多了。跑到樓下廚房，開了一罐 Campbell 罐頭牛肉湯，煎了兩隻雞蛋，烤了兩塊麵包吃；這樣，中飯就打發了。

Korg 的飯約是六點鐘，我得利用這幾個鐘頭時間把房間整理一下，同時積存起來一個多星期的內衣褲和襯衣等，都得趁機會洗濯一番了。

但如果每個星期的時間都是這麼過，又哪裏來的時間讀書？「美國文學」這門課不用寫報告，但要考兩次試，第一個考試快來了，要讀霍桑，要讀馬克吐溫，要讀詹姆斯……除了我之外，Korg 還請了一位在哈佛唸中文的遠房親戚。

Korg 太太給我倒過咖啡，然後陪笑説要到廚房去弄飯了。Korg 先生則留下來陪我們聊聊天。我心想：Korg 太太在台灣待了一年，中國菜一定會兩手吧？等一下聞聞從廚房裏傳出來的香味，就可猜到她工夫如何了。

話題從 Korg 在台灣一年的經驗扯到我目前的生活。我坦白向他承認，我們這一代的中國人，到這裏來留學，除了讀書外，還包括了許多其他因素，而謀生就是其中之一。

Korg 點了點頭，說他能了解這一點，並說二次大戰前後，德國、俄國和東歐許多猶太人，到美國來，現今卻成了美國中等階級的中流砥柱。

Korg 是猶太人，難怪他有這份同情心。

「你呢，你打算怎樣，讀完了要不要回去，還是在這裏落籍？」他問我說。

「我？假如哪一天有幸讀完碩士，哪一天就束裝就道。」

「為什麼？」他開玩笑的說：「你來此還不到兩個月，就這麼『反美』？」

「不是『反美』，要『反美』也要多認識一下美國才反。我只不過是覺得生活習慣格格不入，而且，我朋友和家人都在香港……」

「慢慢你就不會這麼想了，我認識的中國人，初來時都這麼說，但未住上兩三年，就開始打聽鑽營辦居留權手續了。」我的話還沒有說完，那位未來的中國通就插進來參加意見了。

他矮小個子，相貌平庸，說話時慢吞吞的，右腳翹起，搭在膝上，一臉深通人情世故悠然自得的樣子。

他的話令我異常彆扭。他說：「我所認識的中國人」和「慢慢你就不會這麼想了」，分明是一種潛意識的優越感的表現。話裏的意思是：想你也不會例外。這種人，在香港和台灣，我見了不少。記憶猶新的是一九五八年夏天，在台大教我們美國文學的是美使館一專員的太太。有一天，她請我們全班修她課的同學到她家裏喝茶。椅子不夠，我們男的蓆地而坐。茶喝得一半，主人忽來了個女客人（大概也是美使館人員的太太吧），我們男生，一一站起，女主人正要給我們介紹，誰料客人一揮手說：「不用了，來，加德琳，我有話要跟你說，我們到房中談談。」

害得我們幾個二十來歲的小子，面面相覷，要坐下不是，站着也不是。

Korg看出氣氛尷尬，打圓場的說：

「對了，××，我們雖是親戚，可是我從不知道你怎麼會對中文發生興趣的。你大學唸的是英文，對不對？」

「噢，那才不簡單，」××說：「我們總得有多些人才來了解東方，是不是？再說，我中學時開始，就對佛經有興趣。」

「唸這一門『冷門』學問，拿獎學金機會多不多？」Korg說。

「還好，最少比唸英文或法文好得多。我自己就拿了三年的 NDEA（National Defense Educational Act）。」

本來，我想問他，如果沒有獎學金，他是否仍會對中國感到興趣。後來一想，算了，自己在這裏一來是作客；二來他剛才說的話，也許有道理。我現在在這裏的不快，原因不外是經濟無保障，無談得來的朋友，食物不慣和想香港而已。設若將來經濟好轉，朋友多了，我是否會如此堅決的要趕着回去呢？想着想着，慢慢心平氣和起來。但總覺得他的話雖然有理，態度卻令人受不了。

這時，Korg 太太進來說晚飯已擺好，我們可以各就各位了。

奇怪，我怎麼一直沒聞油香味？

站近枱邊一看，天，原來不是吃中國菜。那晚菜式，於今歷歷如繪：炸雞、意大利粉、生菜沙拉、牛油麵包。

吃飯時，Korg 問我美國人做的雞好吃不好吃。我既沒說好吃，也沒有說不好吃；只說中國人，尤其是廣東人，很少把雞炸來吃的，因此「吃來很是特別」。我反問他中國菜中的蔥油雞、叫化雞、鹽焗雞、白切雞、豉油雞……好不好吃。他給這些名堂弄得糊塗起來，只籠統的說中國雞味道雖好，但骨多無肉。唉，怪不得人家說美國佬吃的文化落後，不是親眼看見，真的不敢相信。吃魚不吃魚頭，吃雞鴨不吃肝臟（以雞胸肉為上品）。

這頓「洗塵飯」，只吃得半飽，回來後感觸頗多。中國人好客馳名於世，因此朋友往還，有所謂「接風」、「洗塵」、「餞行」；「壽宴」、「薑酌」、「喜酌」——總之，名目繁多，都是為了吃，為了面子。有錢的還可應付，無錢的就費張羅了。

今晚這頓「洗塵飯」，是家常便飯——雞是美國肉類中最便宜的一種——若拿中國人的標準說，「太不夠朋友了」。但換了另一個觀念看，美國人大部份都算得上豐衣足食，雞、鴨、魚、肉平日誰都吃得起，用不着找什麼藉口來大吃一頓。既然美國人沒有吃魚翅、燕窩等物以罕為貴的菜，所以請人來吃飯，就是真的來吃飯。而我國人民，千百年來，都是貧農居多，中等階級是少數分子。農家吃的，真是清茶淡飯的生活，於是一逢節日，比較富有的人家，就在飯菜方面，照顧一下窮親戚了。

中國人的好客，有朋友自遠方來時，身上沒有錢也要張羅一番，只為招呼朋友大吃大喝一頓，算是一種民族美德？而 Korg 今晚請我吃飯，大概不比他平時吃得好，算不算是他的「猶太天性」使然？或是「不夠朋友」？如果是，他根本不必請我來。

這些問題，在我腦海中盤旋。從這個例子中，我倒學會了一件事：我今後一定不能拿自己民族的文化和道德標準去衡量人家，去衡量一切非中國人的外國人。這是不公平的。

* * *

在餐館裏做了一個多月後，果如李君所料，我已漸漸消除了士大夫心理了。雖然尚未到像他那樣泰然到能穿了號衣在街上走來走去或看朋友，但已做到了看到熟人臉無尷尬之色的地步。不但無尷尬之色，而且還會打趣的叫他們多付小費，以照顧我這個在美落難的朋友。

說到小費，使我親身體驗到環境與人性墮落的直接關係。初穿號衣時，每次翻起盤底拿小賬，總覺得不好意思。遇到客人「厚賞」(如十元的賬付兩元小費)，心中自然高興；但遇到「猶太」的客人少付或不付，也不以為意，因為覺得賞錢就是賞錢，給不給是人家的自由。

但一個月過後，發覺自己的「氣質」逐漸變了。原先收拾枱子的習慣，是先收拾枱子，慢慢的才去翻看壓在盤子底下的賞錢。現在呢，一待客人離開餐館，第一件事就是翻看盤底，看看這筆生意如何。賞錢少的，心中就老不高興。無怪乎客人來時，老闆娘親自給我們依先後次序分發枱子。因為老經驗的侍者，大多數會鑒貌辨色，一眼就可以看出哪一類客人小賬付得豪爽，哪一類是一毛不拔。為了要避免夥計間對客人的你爭我奪，只好採取這個配給制度。

小賬制度其實是對僱員一種變相剝削。老闆既然知道夥計除了正薪還有額外收入，薪水就自然少給了。而做侍者的，既然靠此額外收入來養妻活兒，也就難怪他們養成廣東話所謂「白鴿眼」了。

以前在香港時，我對拿着「收賬盤子」瞪着眼望着客人看你給多少的侍者大為反感，現在設身處地，方對他們起了同情之心。因為如果我這輩子靠托盤為生的話，我也一樣會變成「白鴿眼」。

記得有一次，是母親節，生意滔滔，顧客川流不息。李君告訴我，像這一類的日子，我們做侍者的，該賺到三四十元小賬以上。於是，我便以鴻鵠將至的心情，堆滿笑臉，去招呼客人。母親節之所以生意旺盛，無非是在那一天中，母親罷工不做飯，由父親帶隊，扶老攜幼的把家中大小帶到餐館來吃飯。

大部份客人，果如李君所料，小賬付得爽快，因那天小孩特多，這個要芒果冰淇淋，那個要 milkshake，弄得我們除了應付正餐的菜式外，還要加上這些額外負擔；做父親的，多付小賬就是這理由。

但想不到一張坐了全家大小十二人的枱子，既打翻了醬油瓶，又要了七八種不同的冰淇淋，竟連一毛錢的小賬也沒付！

記得當時我心裏說：「下次再碰到你這王八蛋來時，我一定躲進廁所讓老闆娘招呼你！」

當晚竟因此事失了眠，但原因倒不是為了失去這筆小賬；我難過的是：我怎會變得這個樣子？現在除了星期一至星期四在校讀書時，我尚可算是個讀書人外，我哪一點不像個職業跑堂？我和他們現在不是同樣的孜孜言利，為一兩毛錢打主意麼？現在一看到「爽快的熟客」來，不是希望他坐到自己的枱子麼？而當「猶太熟客」坐到自己的枱子時，不是先沉了臉，然後說：「你是要雜碎罷？」

我怎會變得這個樣子？

濟安先生尚有兩個月左右才能由加大來，而在他來以前，我實在無談得來的朋友。叢甦是好朋友，但卻是女孩子，自然就存着一種兩性間的距離和隔膜。譬如說，我和濟安先生可以在空檔時吃飯、看「美女如雲」的電影，然後跟着大喝啤酒。但這種「節目」，尚不能求諸異性朋友，尤其是初到美國，生活思想尚未受洋化的中國小姐。

在這兩個月內，生活真是刻板極了。唯一消遣節目，就是看二流影院放映的電影，所費七毛錢，還花得起。

餐館「同事」李君，提議我空時，不妨參加一下中國同學會的節目，尤其是舞會，可趁此機會認識一兩個中國女孩子。我說自己不會跳舞，但他說如果我真的喜歡跳舞，就不會跑到那裏去了。我問為什麼，他說這種場合，撮合癡男怨女，是其功用之一。

下一個舞會剛巧是星期天，我乃央求同房的容君，做我的嚮導。

各種前奏曲如主席報告會務、介紹新同學等完成後，壓軸戲就開始。場地佈置一如香港各中學所主辦的私人舞會差不多，把紅紅綠綠的顏色紙往燈泡或霓虹燈一蓋，場地風光，馬上旖旎起來。再加上輕音樂唱片一奏，就成舞會。

我和容君兩個王老五選了一角坐下，開始品頭論足起來。舞會開始時，跳舞的人數奇少，容君乃對我說：「等着瞧罷，現在是陰衰陽盛，因為坐在這裏的人，很多都是抱着你和我這種心情來的。但過了十點，就有『新血』上場，到那時這不會是中國同學會舞會那麼簡單了。」

我起初不大懂他的話，但又不好追問下去，只有枯坐，頻頻喝汽水。

十時後，會場氣氛，果然大見起色。這時的來賓，雙雙對對而來，男的穿得也較第一批來得整齊，女的也曾刻意打扮過。對，也比第一批來得漂亮。在這批客人中，有不少是攜帶異國女伴來的。那晚所見，有歐洲人、馬來人和美國人等，最多的當然是美國小姐。這個時候，早來的人跳舞的跳舞，就坐的就坐。晚來的人，一對一對的入內，引人注目。如果此時帶進一位漂亮的小姐，真會「豔驚四座」。

「他們為什麼來得這麼晚？不是擺架子罷？」我問。

「不是，這有什麼架子可擺，大家都是來唸書的。他們來遲，主要的原因大概是要請小姐吃飯。老兄，這又是沒女朋友的好處。請小姐吃飯，小者十元八塊，要是美國小姐，你還得請喝酒，賬單下來，就是我們跑堂的一天的收入了。」

「得啦，別阿Q了。喂，你看，那角落裏不是坐着個單身女的麼？你為什麼不去試試？」

他順着我手指的方向看去，連忙回轉頭來，模仿天主教徒那樣，在胸前劃十字，口裏跟着又唸了句阿彌陀佛，閉起眼睛。

「少跟老子來這套，好不好？究竟什麼回事？」

「我不說，有損陰德。」

「見你的鬼，你不是幹了什麼對不起人的事吧，吞吞吐吐的幹嗎？」

「沒有的事，沒有的事，我老容再下作也不會到這程度。咦，你好像對她滿有意思的樣子呢。這樣吧，你替我拿瓶可樂過來罷，反正她就坐在冰箱的旁邊，你看個飽回來才跟我說。」

我給他和自己拿了瓶可樂，故意拖延腳步，看了小姐幾眼。

「怎樣？」他問。

「滿清秀的嘛。」我說。

「我沒說她長得壞呀。你猜她多少年紀?」

「二十歲左右吧?總之,不會過二十三四歲。」

「唉,這都是燈色作怪。老兄,我不知她告訴外人時說自己多少,但照我們的推測,最少三十以上了。」

「她不像嘛,你又怎麼知道的?」

「好小子,你是想女人想迷了。她是一九五四年由台灣來的,來時已是大學畢業,現在是一九六一,你自己算算看。」

「奇怪,」我說:「長得像她這樣的女人。在美國怎麼會嫁不出去,為什麼還要孤零零的跑到這地方來。」

「你又來了,你又來了,誰說過她嫁不出去着?」

「那你剛才劃十字架,唸阿彌陀佛算表示什麼?」

「說來話長。」

「說嘛,說嘛,別再賣關子了,好不好?」

「這兒不是說人家閒話的地方,你還要不要在這裏泡?」

「有什麼好泡的,看到人家雙雙對對,觸目傷心。」

「那我們走吧，附近有喝啤酒的地方，我們在那兒再説罷。」
我和容君到了附近的酒吧，兩人要了一大pitcher（相當於七八瓶小啤酒）。
美國大學城附近酒吧，週五、週六最吵，週日晚上則比較安靜。
侍酒的是個二十來歲的美國小姐，風情萬種，一見容君到來，就給他豆腐：
「Honey, why have you been avoiding me these days?」（為什麼這些日子你一直躲着我？）
我給容君擠擠眼：「老相好？」
「如果美國小姐叫你一聲honey就是你的老相好，那以後的老相好真要車載斗量了。言歸正傳，先説剛才你驚為天人的中國小姐吧。」
「別冤枉我，我不過是説她長得還清秀罷了。」
「説實在的，她真的長得不壞，皮膚白皙，身材修長，據在紐約認識她的朋友説，在紐約中國人的圈子中，有『萬人迷』之稱。」
「哦，她從紐約來？」
「嗯，她在紐約唸完書，做了一兩年事吧，就轉到西雅圖來，現在市立圖書館做事，你想碰運氣，可到那裏多多借書。」
「別開玩笑。喂，你還沒有提到她嫁不出去的理由。」
「她不是嫁不出去，既稱『萬人迷』，怎會沒人要，問題出在她擇偶條件過苛，使人知難而退。」

「怎麼樣的條件？」

「現在的『行情』怎麼我不清楚，但據我那位紐約朋友說，她當時開出來的條件是：(一)美國公民或最少有居留權；(二)博士學位；(三)唸理工或醫科；(四)年薪萬元以上；(五)有產業或某一數字的銀行存款；(六)身高不能低過五呎八吋；(七)不能超過三十歲。」

「乖乖！那她自己拿什麼去配人家？」

「你不是說她長得清秀漂亮？」

「對呀，但清秀漂亮的女孩子不見得就只她一個吧？」

「唉，你多留幾年就不會這麼說了。這兒中國留學生的男女比數，據非正式的統計，是五對一之比，而在這五分之一中，長得像她那麼夠瞧的可實在沒多少個。」

「唉唉，以稀為貴。」

「可不是嘛。」

「不過，話又說回來，在美國唸理工的中國人，比比皆是，而拿到博士學位的又是比比皆是。唸理工而又拿到博士學位，差優薪厚，辦永久居留權，更不成問題，照理說，『萬人迷』的條件不難符合。」

「但身高五呎八吋呢？年紀不超過三十呢？別的還不說，就說年紀一項罷，你說，你平日接觸到的中國人中，能符合上述六項條件而又未超過三十的，有多少個？」

「即使有，也不一定會喜歡這個『萬人迷』。」

「就是說嘛。」

「可是照你說她自己也三十出頭啦，條件該得修正修正了罷。」

「那可不知道了，我跟她只不過見過一次面，吃過一頓飯，看過一場電影，以後就沒有來往了。」

「這怎說得過去？」

「怎說不過去，我 date 她的時候，還不知她有這種條件，後來一查出，還要纏下去，豈非自討苦吃？」

「但老兄條件不差呀，再過一年，就是電機博士……」

「成啦，成啦，我死了心的理由當然不只這麼簡單。」

「說來聽聽嘛，反正明天那堂課我早準備不上了，還是聽你說過癮。來！我們再來一個 pitcher。」

這時已近十二點，再過一個鐘頭，酒吧就打烊了。女侍給我們拿過酒後，問我們要不要吃些什麼的。經她提起，我果然覺得肚子有點餓，乃要了兩客hamburger和炸薯條。

肚子填飽後，我乃催促說：

「說呀，時間不早了。」

「我後來沒繼續約她出去的原因，倒非完全是為了她的條件。」容君若有所感的說：「這個年頭，男女間的事，難道還像我們唸中學時代那麼不食人間煙火麼？男的既然要在女的面貌身材打主意，也就不能怪女的在男的銀行存款上打主意了。當然，像『萬人迷』這一類的條件是例外。

「老子約她出來玩時——那時尚未買車——到了她宿舍門口，等了好久才見她出來，一見面，她就說：『你車子停在哪？我在這等你，你開過來，好不好？』

「我原準備坐計程車去的，聽她這麼說，把心一橫，乾脆坐公車，吃飯也挑到Chinatown廉價的館子去。總算她修養好，脾氣沒發出來。但看完電影送她回家時，虧她做得出來，自己揮手招了部計程車。」

「那你有沒有跟着上去？」

「沒有，我故意給她來個教訓。」

「好小子，心好狠。」

「你該說她心狠才是，她應知道我還是個窮學生，約一次女朋友出來的費用就夠自己半個多月的伙食。」

「唉，可惜，可惜。」

「可惜什麼？」

「可惜這女孩秀外不慧中。這樣說來，她嫁人真的有問題了。但西雅圖中國人不少啊，除華大外，單說波音公司就有兩三百多位中國工程師，她不愁找不到對象的吧？」

「很難說，這種事，一傳十，十傳百，尤其是關於漂亮女孩子的事。不過，你倒不用替她擔心，再等兩三年，要是仍挑不到『理想對象』，洋人對她垂青的，大不乏人。外國男人看中國女人，你知道，真是長春不老的。」

「那她早幾年為什麼不也考慮考慮嫁洋人？照理說，她讀了這麼多年書，觀念該弄通了。」

「據說她自己倒無所謂，問題就是她是獨生女，父親是以前上海的『書香世家』，老頭一直反對她嫁洋人。」

容君說到此時，已是深夜一時多，客人已走得七七八八，酒吧內亦已燈火通明，是下逐客令的暗示。

* * *

跟容君這次深談以後，不但見聞增廣，且獲益良多。不說別的，有了容君作為前車，今後自己不會犯錯誤，也不會白花金錢和時間了。而且，照容君說，「萬人迷」雖不能代表此地的中國小姐，但此地的中國小姐，倒有很多像她。而我自己，除了尚未過三十外，還有什麼條件？

與這類中國小姐出去，豈不是自討苦吃？本來無自卑感的，也會因約會一次而生出自卑感來了。

這個時候，書未讀好、經濟無保障，真是少作非份之想為是。最近有一位在加拿大唸工的朋友來信說，他們住所附近，美女如雲，但一想到博士學位考試在即，即覺「萬念俱灰」，並給我抄來了兩句詩，共勉一番：

但得禪心如槁木
花枝相伴也何妨

可惜我修這種「禪心」，完全是無可奈何的權宜之計，並非是洞明世事後一種信念的實踐，因此道行脆弱得很，不會經得起任何「花枝」的考驗。

美國文學期中考的結果，得個C，幸好這是一門大學部的課，要是研究院的課，就不合格了。這個C是拿得心甘情願的，書未看完，又沒有看過什麼參考資料，若是拿到比C更高的分數，那一定是教授瞎了眼。不過，這不能不令我開始為另一門課擔心，如果又考到個C或更低的分數，那我讀研究院的前途就完了。（美國研究院大多數有這樣一個規定：攻讀碩士學位的學生，每學期的成績得保持三分的總平均；攻讀博士學位的，得在三點五以上。A是四分，B是三分，C是兩分，以我目前情形說，我選修兩科，一科拿了C，另一科就得拿A來補上了。）

我不能不預謀後路。這時已是四月時分，離大考時間快到，我不能等大考完了看成績後才決定行止。我現在應作最壞的打算，那是說：如果兩科都考得不合格的打算。我在台灣時申請美國研究院，只申請了兩間，一是過於自信；二是怕填表格；三是想申請入學的各學府如哈佛、耶魯等，都得先付十元的手續費，實令人心如刀割，而且即使取得入學資格，若無助學金的話，也讀不起。

我現在的最壞打算是轉學。本來，既到了美國，申請手續，怎樣也會比在台灣時來得容易。而且，郵資也便宜。但我怕填表格的心理，一樣未改；對各校所索取的十元手續費，一樣捨不得付。最後盤算結果，選了兩間碰運氣。第一是在洛杉磯的加州大學，申請唸電影系；二是印第安那大學，申請讀他們著名的School of Letters課程。讀電影，是我的宿願了，只要能弄到一個免學雜費的學額，一定去。至於挑上印第安那的理由，可說一半是感情用事，一半是慕名而去的。所謂感情用事，無非是濟安先生一九五五年來美讀書時，所選的學校，也是這間，所以我還未到美國時，早已聽他說及有關此學校的種種了。因此，我此刻挑印地安那的動機和當初挑華盛頓大學差不多，可說是心理上受了濟安先生的影響。不過即使不是為了濟安先生我也會考慮到此就讀的。這兒的The School of Letters名氣實在太大了，尤其是暑期所開的課程，授課者差不多都是當代新批評的名家，如Philip Rahv, Lionel Trilling, Cleanth Brooks和Austin Warren等，雖然這批暑期來授課的教員泰半來自外校，非印第安那本校教員。

申請書寄出去後，就聽天由命了。

一天中午，正攤開書本，對窗外發呆時，突有不速之客至。回頭一看，原來正是濟安先生。這時的欣悦之情，用「大喜過望」來形容，太軟弱了。單憑先生這次找我的「神出鬼沒」來看——事先又無來信通知由加州到此的日期，到後又不來電話通知何時到訪時間——先生真把平日欽佩的江湖隱俠精神（獨行獨往、來去瀟脱自如）身體力行起來了。

他一屁股坐在我的床上就問：「快考試了罷？」

我給他泡了一杯香片茶，就怪他不先來封信或來個長途電話，好讓我接他飛機。

「咳！你知我從來不來這套。怎樣，好久沒喝啤酒和看日本電影了罷？」

我答說啤酒常喝，日本電影倒沒看過。

「那麼我們走罷，反正今天我也做不來事，看場電影，吃頓飯，散散心，回來後讀書情緒也許會好轉。」

我把書拍的蓋上，匆匆穿了衣服，就隨他出去。

先生先買了當天報紙，又買了份西雅圖的街道圖，然後才回到我住的地方附近一條街道去找停車的地方(車子是租來的)。在車上，我們找到了當天演日本片電影院的名字和街名，然後拿出鋼筆，在地圖上做各種拐彎抹角的記號，最後先生說：「喏！從這一段到那一段的路程，是大街，我還熟，可是一轉這個彎，我就毫無印象了。你幫我一下忙，手執地圖，替我留意街名，到哪一條街時要準備轉入哪一個角，你得預先告訴我，免得臨時張惶失措，錯入了單程路。」

先生的駕駛技術，比我平日所見到的會開車的朋友來，雖仍隔了一段，但比起三個月前我在舊金山初見他時，卻有「長足進步」。現在他已能「一心二用」了；一邊開車，一邊聊天。

美國二三流戲院常有所謂 double feature（兩部電影，一張票價）；另外一特色就是巡迴放映，你有興趣和時間的話，可從戲院開門時進去看，看個飽，直到戲院關門才出來。我們因此連放映時間表也懶得看，乾脆買票入場。

那天映的是什麼，現在倒忘得一乾二淨，只彷彿記得兩部都是時裝片，而且有一部還是淺丘琉璃子主演的。說到日本片，又是先生給我開導出來的世界。原來當年我在台灣讀書時，情感上和許多大陸出來的或南洋來的同學一樣，因身受二次大戰之害，看到日本人和日本製品，心中就起一種強烈的憎恨。這種心理，當然影響到我對日本文學和藝術的欣賞。所以有一次先生問我：「最近看了什麼電影？」

「沒有，」我說：「好萊塢公式化的製品看膩了，歐洲片又少來，真氣人。」

「看了《勝利者》沒有？」

「你說是什麼什麼郎主演的日本片子？」

「嗯，石原裕次郎。」

「我不想去，因為我實在還沒有打破對日本人的心理障礙。」

「這個先別講，難道你這年紀的人受日本人的禍害會比我這一代深？反正你現在沒好片看，看看《勝利者》好了。」

我看過後，服了氣，下次見面時就把感想告訴了他。

「怎樣，對罷？我們先撇開日本文學不談，即使在日常生活上，我們仍逃得過日本人的天下麼？你到西門町戲院街打一個轉，就裝滿了一腦袋靡靡之音的日本音樂回來。你到台灣菜館去吃飯，你躲得過日本菜或日本『遺風』的影響麼？總之，我們這代中國人，做『遺老』真不容易。打開歷史看一看，歐美國家中有哪些國家善待過我們中國？俄國人怎樣對我們，你是知道的，但我們能不讀俄國文學，不聽俄國音樂？說來說去，還不是我們自己國家不爭氣；與其怪人，不如責己。」

我實在無話可說。

這以後，日本文學和日本藝術我沒有接觸過，但日本片倒看了不少，「宮本武藏」和所有黑澤明、小林正樹的片子能在台北看得到的，都看了。對日本女明星如岸惠子、司葉子、岡田茉莉子和淺丘琉璃子等人的着迷程度，遠較少時對安白麗芙和《劫後英雄傳》時期的依莉莎白泰萊為重。我想原因大概是這樣：歐洲明星，美則美矣，然由於膚色和文化不同，我們頂多拿她們的照片回來做剪貼女郎而已，做我們白日夢的資料而已，而日本女明星（或推而廣之，韓國、越南等受中華文化影響至深國家的女人），不但膚色身材相同，而且文化和生活習慣，不若歐美人之離我們那麼遠，因此看起來分外有親切感。

但最大的原因，相信與個人的擇偶年齡和愛在銀幕上找尋異性對象心理有關。

像依莉莎白泰萊這類美國女人，對我們東方人來說，平日即使怎麼愛做夢，也很少夢到與這類女子結為夫婦或做情人（久居美國或歐洲的留學生或是例外）。但在我平日所見到的女同胞中，總會找到像司葉子或岸惠子那種臉型和身材的女子。雖然兩者同屬夢想，但前者距離遠，而後者距離近也。

等到看了《人間之條件》的電影後，我對日本人的「心理障礙」漸漸解除，雖迄今對他們並無好感，但已曉得「原諒」他們了。

除日本電影外，先生在台大時還替我開放了幾個在普通大學課程裏難以看到的世界。如武俠小說、費蒙（牛哥）的偵探間諜小說（如《情報販子》、《賭國仇城》等）。因為照先生意見，唸文的人，嚴肅的書要看，娛樂性的書也得看。對一個有分析能力的人說來，只要自己看得下去的書，都有「滋潤腦筋」的價值。文學上本無「純文學」與「非純文學」之別；如果有，誰來給我們定界限？先生從事文學批評，既抱了這種「有容乃大」的胸襟，故常能言人所未能言或不敢言者。他把張恨水與張愛玲同列為近代中國有數的小說家，僅是他有膽色的例子之一而已。

我們看完電影後，照例到中國餐館吃飯。吃飯時他問起我的近況，我據實以告，並說我已申請了印第安那大學。他覺得這主意不壞，但認為我書讀得不好的原因，是受了做侍者的心理影響，所以除非印大有助學金，否則不可輕舉妄動。當務之急，乃找一較有「白領氣味」的工作，不論在圖書館做跑腿也好，在系辦公室做打雜也好，在心理上，總較做侍者斯文些。我乃告訴他自己一來人地生疏；二來吃虧生來是廣東人，所以想靠教國語討飯吃，也無資格。他想了許久，終自告奮勇的答應給我寫一封介紹信，介紹一位現在在華大遠東語文系任教的朋友給我，希望藉她的關係能在圖書館找到一份打雜的工作。不過，他附帶說了一句：別抱太大希望。這位朋友，在北平時與先生雖說有相當交情，但一別十多年，這位朋友在美國拿到了博士學位，而今可說得上是打下江山了，人有沒有因此而改變實在不得而知。

第二天，我到先生的辦公室取了介紹信後，乃按址到那位遠東語文系的女博士處拜訪。

她把夏先生給她的信看過後，說：「坐吧。濟安幾時教過你？」

「謝謝您，顏博士，」我就近拉了張椅子坐下：「夏先生是我台大的老師。」

「就叫我顏小姐好了，我們這兒，民主得很，對頭銜不大習慣。對了，濟安說你想找差事，你的國語說得又不標準，我怎幫得你忙？」

「我並沒有想到要教國語的。」

「那你想找哪一類差事？」

「譬如圖書館……」

「但圖書館的工作不關我的事，你想在那裏找工作，何不直接到那裏去問問。」

是的，我為什麼不自己直接到那裏問問？

我藉故偷偷的看了她一眼。看樣子她少說也有四十來歲的年紀了。「就叫我顏小姐好了。」

「你現在靠什麼生活？」還未等我答話，她就問下去說。

「我現在一個星期在餐館做兩天散工。」

「那收入該夠開支嘛。」

「只是我覺得越做越意氣消沉……」

「呀！又是讀書人的頭巾氣，你來美國多久了，還沒有改變過來？」

我不想再說什麼。再說下去，她一定會說「你們這一代的留學生，比我們幸福多了」這一套話了。還是走吧。想着，就站起來。

「怎樣？生氣了？年輕人，還是多學點忍耐好。」

「沒有，不過我得準備上班了，今天是星期五，餐館生意會忙不過來。」

「那我不送了，我留着你的地址，有什麼會通知你。代問候濟安啊。」

走出門口，我叮囑自己，一定記着不要把這次會談的內容告知濟安師。他問起時，只說顏小姐肯幫忙，只是暫時沒空缺而已。其實，顏小姐也說了實話，要想在圖書館工作，為什麼不直接向圖書館方面詢問？

回家後，把事情的始末給容君說了一遍，他勸我還是死了心好，在圖書館做那種「斯文工」一小時一塊外，又無小賬，除非一星期做了二十個鐘頭，怎麼夠活？而每星期做二三十個小時，不說功課應付不了，「外國學生輔導處」的人也不會批准的。再說「斯文工」絕不容易找，即使有，通常都是先給女孩子的。

「為什麼？」我問。

「那還不簡單，男孩子找不到『斯文工』，可以做『粗工』，餐館的跑堂、旅館的bell boy，氣力好的還可以到工廠去搬東西，到加州去摘蘋果。這些事，女孩子怎做得來？我認識一位從香港來的自認為拿得起、放得下的小姐，為了賭氣，棄『斯文工』不做，到一間旅館去做打掃工作，結果不到一個星期，就跑回來，以後再不敢提棄文就武的事了。」

「她氣力不夠？」

「那倒不是，她一來不堪客人調戲；二來怕早上打掃房間，洗擦廁所，或更換被單時看到髒物。不說別的，在洗馬桶時，擦子搆不到的地方，要手執着抹布一點一滴的去抹乾淨，不然管房的看見會罵死。」

「那你以為我該怎樣做？」

「守下去，說實在話，你找到目前這份工作，已算運氣，許多香港和台灣來的同學，未找到工作的還多着呢。」

「但我主要的問題是怕功課跟不上，不能繼續唸下去。」

「你意思是說不能在華大的英語系唸下去？」

「嗯，」

「那我無話可說。我以為你是怕無書可讀，給移民局找麻煩。那你的打算怎樣？」

「我已申請了印第安那，這裏唸不好，就轉學。」

「工作呢？別忘了印第安那的普魯明頓是個小鎮，沒有中國菜館的。」

我默然。對我這種人說來，實無挑大學的資格，只有挑大學所在地的資格。

「我看你這樣罷，」容君看我愁眉苦臉，帶着安慰的口吻道：「餐館的工作，好好的做下去，吃飯要緊。至於功課，除非兩科都拿C或D，否則不會出大問題。如果真的都拿了D，而你還想留在美國的話。我會給你出點主意。」

「說罷，說罷，你又吞吞吐吐了，你就算我兩科都拿D好了。」

「小子，你真是怕唸不好不敢回去見江東父老了？」

「說罷，說罷。」

「既然你抱着唸不好，死心不回去，那在美國混下去的方法多了。第一，娶洋女為妻，雖然移民法規現在諸多為難，但做了洋人女婿，自會有人替你出頭。不過你得注意，這裏所指洋女人並非單指金髮美女，二百多磅的黑人也是洋女。第二，可……」

「得了，得了，言歸正傳罷。」

「唉，緊張什麼，緊張什麼，」容君還不脫那派慢吞吞的師爺本色：「我說給你出主意，當然自有分寸。你以為我剛才說的事是開玩笑的麼？」

「但即使真有此事，我也不想挾洋自重。」

「我也沒有勸你去『挾洋』，我不是說『方法之一』麼？你一定是給我觸着癢處，所以才特別敏感。」

「好了，好了，對不起，請道其詳。」

「喏，聽我說，你現在唸不好，原因當然是工作影響讀書時間和情緒，但照我看，最大的原因是你唸的科目。咳，跟美國人在一起唸英美文學，哪裏是他們的對手？不說你週末還要做散工，就算你不用做工，專心唸書，也不見得唸得過人家，對不對？

「而今之計，就是轉系。我知道，你們唸文科的，一定會說一番什麼『守正不阿』

的道理。但我問你，如果你每個學期不及格，你對文科是否仍感興趣？再說，你對文科興趣真是這麼『矢志不渝』的話，你可以先選一門讀完碩士學位就可找飯吃的唸，拿到學位、找到工作、剩下點錢，到時便可一心一意的去讀你的文科了。」

容君的話，確有道理。明知唸不好而死撐着去唸，真是自取其辱。但另一方面，我出來，對人說是唸文科，在大學裏那班志同道合的文友，亦希望我唸文科，如果我現在改修別系，那不是很出醜？

我當時拿不定主意，但多從容君處打探點消息也是好的。因此乃問：

「哪一科碩士讀完就可做事？」

「讓我想想看……如果你唸理工科的話，不用碩士，學士已找得到很好的差事了，但你唸文科。唔，對了，圖書館學怎樣？」

「圖書館學？我沒興趣。」

「唉，你又來了，我們是談碩士的出路問題啊。」

「對不起，真的忘了。圖書館系畢業後找事容易麼？」

「最少我未聽過唸圖書館系畢業的中國同學失業。」

「那很好，謝謝你，現在讓我問你一個最後的問題：如果我在華大唸不好，印第安那又不收我，轉圖書館系又因華大成績差不得其門而入，那我該怎辦？」

「進野雞大學混日子。只要你繳足學費，他們自會給你向移民局證明你是學生，那樣你就有交代了。」

「西雅圖有野雞大學麼？」

「大概有的罷，但既然要唸野雞大學，就不要留在西雅圖了。該到紐約去，那兒的野雞大學，林林總總，挑不勝挑，找事做機會多，小賬也多。」

「但願不會淪落如此。」

「事情當然得往好的方面想，往壞的方面打算。如果你及早作壞的打算，不如意事來時，就不至束手無策了。你是台大外文系畢業的，大概聽說過ＬＫＣ自殺的事罷？

ＬＫＣ？我聽後心中一凜，這名字好熟，我當然聽過，早在我來美前就聽過。據說他是台大外文系初期有數的高材生，畢業後做過助教，然後拿了獎學金赴加大唸英文系，唸得不如理想，自尊心大受打擊，乃轉到南部一間著名學府去唸。一年下來，又唸得不如理想。於是對自己的能力，開始懷疑起來了。至於後來為什麼自尋短見，就不大了了。因此我對容君說：

「我聽是聽過了，但並不詳細，你且說說看。」

「我是聽來的，不知道可靠不可靠，總之，他轉學唸書唸得不好……」

「對不起，我就想知道所謂『唸得不好』，不好到什麼程度。」

「好像他修的科目沒拿過A罷？拿到的不是B就是C……」

「就為這個去尋短見？」

「是否還有其他複雜原因我就不清楚了，聽說他與父親感情不好，離家前吵了一次，LKC對他父親說不拿到博士學位誓不回台灣。」

「看來他給自己的『海口』害了。」

「就是說嘛，如果他能把事情看開點，必要讀野雞大學時就讀野雞大學，就不會千里迢迢的跑到美國來送老命了。」

「他怎樣死的呢？」我僅為好奇的問。

「安眠藥。據說在死以前，曾兩度自殺，都被救活過來。最後乃跑到郊外一間motel去，化了個日本名字登記，終於得償所願。」

學期終時，拿了一個B，一個C，說好不好，說壞不壞。研究院內的同學告訴我，這個分數，可以讀下去。既然可以讀下去，我就決定不轉系了。圖書館系畢業後的出路雖好，但所唸的東西，距離我的興趣太遠了。記得小時失學，叔伯輩想我將來謀生有一技之長，把我送到一家會計專科學校習會計，一個月下來，除借方貸方兩個名詞外，什麼也忘了。如果此時為了出路而轉讀圖書館系，興趣索然不用說，是否能唸到畢業，大成問題。

至於分數方面，我更看得開，因在大學時，除最後一年拿過相當於A減B加的分數外，其餘三年的成績，均屬平平。現到美國來唸研究院，得一B一C，對我說來，就不算打擊了。LKC則不同，他在大學時聽說一直很得意，分數好，風頭勁，一到國外，面臨考驗，受了挫折，所以受不了。

學期終時忽然來了個好消息，那就是我申請華大「外國學生助學金」居然入選，數目雖少（六百元），但一來可資挹注，二來給自己打了點氣。

六百元剛好夠一年學雜費之用，如果決定在華大讀下去，得趁暑假三個月時間，在餐館找一份全工，剩下點錢，秋天開課時就可以不用再出來做工了。

幾經朋友介紹，終在華大附近一間餐館裏找到一份全工，薪水二百六十元，每月連小賬大概可拿到三四百塊錢的收入。這數目不多，所以在美國待久了的朋友就勸我不如到紐約去。我自己算了一下，覺得一動不如一靜，在那邊錢雖賺多些，但往來車費已先花了一筆，再加上房子的問題：如果要留房子，租金得照付；如果不留，則從紐約回來時未必找得到租金如此低廉而又離學校近的地方。

但我寧願少賺幾百塊錢，不去紐約的最大原因，是恐怕一旦去了回來就無心唸書了。這是許多比我早畢業的台大同學給我的忠告。他們說在紐約餐館做事，運氣好，每個月賺六七百元不算難事。就因為錢來得容易（一個剛拿到博士學位出來教書的大學講師或助理教授每月的收入亦不過如是耳），意志不堅、對讀書本來就無大興趣的同學產生錯覺，覺得既然辛辛苦苦去唸一個學位，所賺的錢又不會比不用任何學位的工作好多少，那麼何必去唸？

心中一存這個念頭，讀書情緒就受影響了。據説紐約這十年來，有不少從香港和台灣去的同學，起先是讀一流大學的，後來受了急功近利的觀念所引誘，功課唸垮了，轉到二流學校。又唸垮，乾脆搬到紐約去，在野雞大學掛個名，以後就安心賺錢。錢來得多，嗜好也跟着增多，而紐約有的是風塵女子、麻將、馬場或諸如此類令人壯志消沉的玩意兒。所以我決定留在西雅圖。

* * *

由於我有過兩個多月的托盤經驗，所以這次轉到新的餐館來工作，沒有鬧出什麼笑話或亂子。餐館離華大校址很近，由早上八時開始營業至晚上八時止，所以在酒吧內喝醉了酒後再來吃飯的客人，可説絕無僅有。通常進來吃飯的客人，要不是學生就是在附近工作的白領階級，所以不管他們要什麼東西，總是一連串Please或May I，禮貌得很。在先前那間餐館做過兩月後再來此地，真覺耳目一新。怪不得人家説在美國大學城住慣的人，就像在大觀園裏長大的人，一出園外，就會覺得空氣污濁了。

但客人斯文，小賬也付得斯文。以收入論收入，這是我的損失。來吃飯的客既多是學生或辦公室的小職員，小賬自然不能手面大——有時甚至不給。據在那兒工作了多年的一位同事告訴我，若客人飯後替你把碗筷整整齊齊的叠好，連滴在枱面的菜汁或醬油都用紙巾給你擦乾淨，你替他們倒茶時他用充滿歉意的眼光望着你——這種客人，泰半付不起小賬。

他的話，果然應驗了十之八九。起初看到這類客人，我的反應不自覺地與我的同事一樣，一臉的不高興。後來轉念一想，唉，算了，大家都是窮學生。

在這間新館子裏工作的另一種新經驗就是我的同事是清一色的老華僑，教育程度極低，而我是唯一的「學生哥」。如果我不是少年時做過學徒，吃過苦，那麼以我們的年紀、教育和思想之懸殊實無法談得來，說不定還會受他們的排擠。幸好我少年的出身幫了我，使我很快就取得他們的信心，進而成為他們圈子中的一分子。

在他們的圈子中相處了一個月後，我漸漸發現了許多可怕的事實，而此中犖犖大者，是他們對中國之絕望。

「你們平日有什麼消遣？」有一次閒聊時，我問起同事李君。

「有什麼消遣？下下棋、打打麻將，陪陪兒女看電視播放的足球節目，有朋友來喝一兩杯，就這樣子已過了十多二十年了。」

李君年近五十，子女均在中學和大學受教育了，他是在大陸變色前來美的，頂多受過小學教育。因此連電視節目也看不大懂，住的地方一定要在唐人街附近，怕談話無人。

「你還有家人在大陸嗎？」我問。

「稍為親近點的都死光了，剩下的都是年幼的一輩，見面都不會認識。」

「你將來要不要回去？」

「回去幹什麼？」

「沒有……我不過是想，每個人總要落葉歸根的。」

「歸根？歸什麼根？我老早就斷了這個念頭了。再過三四年，我的兒女有的早已唸完大學，出來做事，有的亦快畢業了。一旦他們自己成家立室，如果他們還要我，我的『根』就在這裏了，死也死在這裏了。一個人回到大陸去幹什麼？」

「我並不是說回大陸——。」

「那麼是回台灣？香港？即使他們肯讓我們居住，我的子女卻不肯待在那裏的。我在抗戰時還聽過砲聲，買過愛國公債，因此最少在心中還有一個中國的存在；我的子女呢，對中國根本沒有情感。」

「聽說此地有中文學校……」

「讀來有什麼用？一下子就連名字怎樣寫也忘記了，所以我乾脆就對他們說免了，到他們長大時，如果到時還有中國，他們要學的話，還來得及。現在逼着他們去學，反而增加他們的痛苦。」

七月上旬，印第安那大學的 The School of Letters 來了信，說他們的獎學金已滿額，故把我的申請書轉送到比較文學系，問我願意不願意；如果不願意，可去信該系討回證件云云。

我對比較文學這門功課毫無認識，但兩三個月前與容君談話時，已作過最壞打算，連野雞大學都準備好去唸，更不用說在印第安那唸比較文學了。而且，就自己所知，從台灣出來的同學，除了唸理工科的能從一而終外，唸文科的人如果想要獎學金，鮮能有選擇學校及學科的自由的。為了獎學金，我的同學中有轉讀歷史、政治、社會等等——總之，既然沒有錢讀書，就得受人家津貼，既受人家津貼，就得接受人家給你作的安排。

主意既定，乃覆信說「願意轉讀比較文學系」。

大約過了兩個禮拜，就接到比較文學系系主任 Horst Frenz 來信，恭喜我「榮獲」

福特基金會獎學金二千元。但該會有條例規定：獲獎人須在其就讀時間內選修亞洲一種「重要語言」(這是我後來「迫着」讀了兩年日文的原因)。

濟安師替我高興，還說我去印第安那，比他一九五五年從台北去時幸福多了。因為那時他是拿美新處的錢去的，規定只能待半年，實在不能靜下心來讀書。而我此去，如果唸得好，可繼續唸下去。

餐館處，我做到八月底。九月初就啟程東行，起初是打算乘火車去的，但濟安師說坐火車不如坐飛機舒服，乃送了兩百塊錢給我，指明是坐飛機用的。

* * *

印第安那的普魯明頓(Bloomington)是個不折不扣的大學城，離首府印第安那波里斯約五六十里。所謂大學城，就是該城的居民和他們所幹的行業，莫不與該地的大學有關。美國大學城以風景秀麗見稱，在東部有Ithaca(康乃爾大學)，New Haven(耶魯大學)；在中西部有Madison(威斯康辛大學)和普魯明頓。西部的大學城，我所知不多，不過在一個香港住慣的人說來，差不多每一個位於小市鎮的大學城都是風景秀麗的。

我一下飛機，就與台大外文系比我高一屆的同學王裕珩取得聯絡。他雖比我高一屆，但因要受軍訓，而我是香港僑生免了役，因此我們是一道入研究院的。除了因受訓待了一年外，在別的方面，他比我運氣多了。他拿的是李氏獎學金，有選擇任何學校就讀的自由。本來，他是準備到明尼蘇達大學去讀英語系的。但經我「說服」，改到印第安那來，與我作伴。

我們兩人取得聯絡後，當務之急，就是找房子。看廣告，託同學，花了一天時間，好容易才找到一間月租六十元，除兩張床和兩張桌子外，就空兮兮得一無所有的房子。燒飯還得借用樓下中國同學的廚房。但我們二人初到美國，決定能省則省，因此雖嫌簡陋，也租了下來。

中國學生客居異地，最感痛苦的事，當然是離鄉背井，了無憑依。再其次的便是平日談得來的同學朋友，也因各奔前程而星散了。我和裕珩在大學時就相當要好，現在不但能再度就讀同一學校，還可以居一室，這種快樂，非在異地作過客的人不易了解。

除了日常生活大大的有改進外，師生關係、同學與同學的關係，也比在西雅圖時，愉快得多。這一點，差不多完全可以說是大城與小鎮生活的分別。據說美國各州中，對中國人（或推而廣之，黃色人種）最壞的，是加州，這點大概是以前的老華僑（礦工或鐵路工人）的知識水準和身份有關。另外一個原因是中國人在加州聚居的最多，一來多看了不稀罕；二來華僑一多，難免與當地人發生生意上的衝突。日本人同是黃種人，但在加州比較受到優待，此當然由於他們的國家爭氣。但另外有一個原因——美國人的犯罪感。原來二次大戰時，美國政府為了「安全」，把所有日本人都關進集中營裏去。戰後美國人為了做「補贖」，對日本人分外禮遇。

美國中西部的著名大學，除芝加哥和明尼蘇達外，大都設在山光明媚的小鎮。而居住在這種小鎮的中國人，不是大學生就是教授，人數不多，唐人街就不存在。既無生意來往，磨擦就少。而且，中西部大學的美國學生，大半來自中西部，祖宗務農為生，民風淳樸，是所謂「正宗的美國人」。這種人平日對中國人的認識不是來自電視就是電影，而在這兩種傳播媒介出現的中國人，要不是拖着辮子的「遜清遺物」，就是打躬作揖的唐人街跑堂，再不就橫眉怒目，邪氣迫人的 Fu Manchu。看慣了，見到有血有肉的中國人時，反而不敢相信面前站着的是個真的中國人了。

有一次，我應一位同學之邀，到他家去度週末，一進門，就遇到他七八歲的小弟弟。同學乃把我向他介紹，說我是中國人，從香港來。

「No, he isn't.」（不，他不是中國人。）那位小弟弟說。

「Why?」（為什麼？）他哥哥驚訝不已的說。

「Where is his pigtail and buck teeth?」(他的辮子和大刨牙在哪裏?)他一本正經的說。

中西部人士對中國人這種成見,既出於無知,所以接觸一多,成見就自然減少。成見減少後,雙方不難成為好朋友。這時,你新交的朋友會為你熱心宣揚中國的美德,說中國是個文化怎樣悠久,人物怎樣優秀的國家。這種義務宣傳,有時會給你帶來意想不到的尷尬場面。譬如說有一天你忽然收到一張請柬,裏面說我們是某某人的親戚或朋友,常常聽某某人談起你,我們住的是小市鎮,平日很少機會與中國人接觸,因此可否請你於某月某日下午賞光到舍下便飯呢?如蒙首肯,希早日賜覆,俾安排接你的時間。你初到美國時,曾埋怨美國人無人情味,現在居然有與你不直接相識的人請你到他家去吃飯,當然「欣然前往」。

你以為既吃便飯,頂多不過是與其三四家人及一二親友同吃而已,誰料汽車一到客廳門口,把你嚇了一跳。原來客廳內密密麻麻坐滿的人,少說也有十多二十個。這家人人丁怎會這麼旺?介紹之下,原來這對夫婦是鄰居強生夫婦;這位老先生是當地的小學校長;這位吃得白白胖胖、滿臉笑容、看來是十五六歲年紀、中學生模樣的小姐走上前來自我介紹說,她剛作古的爸三十多年前曾在中國傳過教,因此她小時從爸爸那裏聽了不少有關中國的故事,「啊,我多希望我生長在中國!」她說。

你去和一位客人寒暄時,就看到旁的客人在交頭接耳,眼睛不時朝你這邊看看。談的是誰，你心中自然明白。小孩子更是肆無忌憚，有時派「代表」來問你：「Do you eat thousand year eggs at home?」（你家裏吃不吃皮蛋？）這時候，你會生氣，有被騙的感覺，因為主人明明叫你來吃飯，現在卻變了博物院跑出來的活古董，任人參觀。但不管你心裏怎樣不高興，面上卻不能不堆出勉強的笑容，一來人家請你來是善意，來看你也是善意；二來不論你政治立場如何，你既稱為中國人，這時就得代表中國。換句話說，你現在做的是「國民外交」的工作。

註冊那天，帶着誠惶誠恐的心情，拜會系主任，領取選課註冊證。我說誠惶誠恐，一點也不虛假。這次唸得好壞，不但影響學業前途，而且今後在美國是否要重操托盤故業，也全賴這一學期的表現了。令我稍感安慰的，就是台大學長莊信正兄事前對我說的話，說系主任 Horst Frenz 是個老好人，對外國學生，照顧得無微不至。此點諒與他個人背景有關；因為他自己亦是德國難民，聽說是因不滿納粹的措施，在二次大戰爆發前就逃到美國來的。印第安那初期比較文學系的台柱教授，說起來，也是以歐洲「難民」居多，主要原因是他們在語言上佔了絕對的便宜。就拿該系的少壯派教授，德國出生的猶太人 Ulrich Weisstein 為例。德文是他的母語，英文是他的日用語，再加上法文、意大利文、拉丁文，和「一點兒」希臘、西班牙文的訓練，在美國人中，就難找到對手。至於他是否還記得希伯來文，就不得而知了。這種語文訓練的機會，生於歐洲小國（如瑞士）的人，只要自己肯用心學，實在不難得到。國家的面積小，只要坐上汽車開一百幾十里，就到了別人的國家了。除此以外，生意的往來，學術的交流，也用得上外國語。在這一方面，美國人之吃虧，一如中國人。美國地方大，由加州到紐約，數千里的路途，用不着說一句外國語。當然，美國人不用說外國語仍然「過得去」的最大理由是國家富強。美國遊客到外國去，不說當地人的語言，如果不是為了他們的鈔票有助該國的「旅遊事業」，也會像其他不會說外國語的遊客一樣寸步難移的。至於外國遊客跑到美國而不會說英語，那就是活該了。

但唸書不同辦旅遊事業。因此早年替美國人在比較文學一門學科上開山立業的，幾乎全是歐洲難民。當然，自蘇俄搶先發射人造衛星、美國國會通過 National Defense Educational Act 後，形勢起了變化。美國這一代的青年，急起直追，人才輩出，已漸漸從歐洲人手中奪回這隻「牛耳」。不單比較文學如此，其他在初期靠外國人來開天闢地的學科如遠東語文系，在不久的將來，中國人和日本人也得讓出地盤了。

Horst Frenz 果然是個平易近人處處肯替人設想的系主任，比在華大時指導我選課的那位「冷若冰霜」教授，真有天淵之別。我與他見面時他第一句話就是：「這兒中國人不少，也有中國同學會。你認識莊信正嗎？台灣來的那位？」接着，他就給我列出了三門課程來，問我滿不滿意，並附帶說你們新來的同學，選課應守着兩個原則：少修學分和選修與自己興趣最接近而又有多少根底的課。怪不得外國學生都說他是「最有同情心的教授」了。

他給我列的三門課是：Weisstein 開的「比較文學導論」，柳無忌先生的「中西文學研究」，鄧嗣禹先生的一門近代史的課（還有一科日文）。本來，要讀中國近代史，不必跑到美國來，更不應在這些科目上與美國人爭分數，因「勝之不武」也。但華大得來的一B一C嚇怕了我，如果我這學期不將就一些，專選吃力的課來修，萬一拿C或F，那我真非轉讀野雞大學不可了。

上課那天，發現鄧先生的課除了我外，還有兩三位中國同學，有一位還是台大歷史系有名的女狀元，心中稍寬。但對鄧先生，不免微覺歉意。我這個主修比較文學的人居然修到他的近代史來，分明是希望他體諒「同胞子弟」，網開一面。幸好這門功課是一個學期，四個月的時間會很快過去的。

Weisstein 的課名不虛傳，上課時對上下古今英、美、法、德、意諸文學的來龍去脈，背得如數家珍。班上僅得我一個東方人，看到美國同學抄筆記時落筆似蠶聲，而自己除了他提到的英美文學還可以稍跟得上外，其他國家文學的源流和不大知名的文學家的名字，一點也聽不懂。此事令我焦慮萬分，因此一下課，就抓着坐在我隔壁的同學問：

「剛才他唸的那一大堆拉丁文、法文和德文，你可否告訴我，究竟是怎麼回事？」

「對不起，除了幾句法文我聽得懂外，另外他究竟講了些什麼，我一句也聽不進去。」

「但你筆記倒抄了不少啊。」

他聽了後呵呵大笑起來，說：「你怎知道我抄的是筆記？」接着，拿出筆記簿來，翻了幾頁給我看，原來裏面寫得密密麻麻的，全是他給別人寫的信！

「遇到我聽不下去的課，總是寫這個來打發時間，」他補充說。

這個人的說話和行動都有點玩世不恭，難以置信。到了第三個星期，我仍然聽不進去，而且功課越來越多，壓得喘不過氣來，乃決定多找幾位同學談談，才知道在班上受苦的還真不止我一人。原因是 Weisstein 自己語言天分高，卻想不到我們做學生的，能夠聽懂一種外語已不容易，而他「老人家」卻德、法、拉丁文衝口而出，此其一。其二是功課太多，使我們每天為這小小的兩學分費盡心血，窮跑圖書館，把其他功課也忽略了。照他們的分析，此與他第一次拜命授此吃重功課心理有關：一來自己算是系中年輕教授；二來位置不高，誠恐學生「不服」，乃不得不「先露幾手」。誰料此舉極惹學生反感，據說已有幾位同學聯袂到系主任處告了他一狀了，因為已有三位以上同學的習作，授了個「F」。對研究生說來，真是奇恥大辱。他們三人為什麼拿F，我不知道，但我自己卻僥倖拿了個B減，據說以 Weisstein 平日給分的標準看，算是很體面的分數了。有一位大學也是在印第安那唸的同學還說，這位猶太先生的B減，就等於別的老師的B加甚至A減。是否屬實，我不知道，不過我確是以哀兵的心情來上陣的，他吩咐下來的習作，無不戰戰兢兢，一絲不苟的去做。反正他發下來的習作，都是目錄之類的死功夫，用不着什麼學問，只要肯多鑽圖書館，多看幾本書就行了。

幸好柳無忌先生的「中西文學研究」，功課不像 Weisstein 那麼咄咄逼人。比較文學本身是一門新的學問；把東方文學列入西方比較文學的課題，又是新上加新。柳先生是耶魯英國文學系出身的，在來印第安那以前，大概未正式涉獵過比較文學的範疇。基於上述的原因，柳先生便給我們四位中國同學（莊信正、王裕珩、呂亞力和我）極大的研究自由，鼓勵我們自己選擇範圍。自由雖可貴，但當時我們不免感到迷惑。天蒼蒼、海茫茫，我們究竟從何入手研究？

對中國學生說來，比較文學的課題，最有意義而又最能與中國文學拉上關係的莫如日本和韓國。但中國學生中，除非出身背景特殊，否則不易有兼通中、日、韓和英語的。我自己和另外三位同學，背景相同：都是台大外文系出身的，除英語外就沒有第三種語言了。（在大學時所修的兩年法語或德語，怎能派上用場？）因為語言的限制，我們幾個人只能在唐詩英譯研究，或近代中國文學所受西方文學的影響範圍內轉圈子。在讀書或閒時，偶然「發現」了某某西方作家受過中國文學或藝術一點一滴的影響，則真有如獲至寶之感。

從那時開始，我深深的體驗到比較文學實在是 René Wellek, Harry Levin 和 Ulrich Weisstein 那一類人的世界，只有像他們那種有語言天分的人，才能夠在這一門包羅萬有（除文學外，比較文學的範圍還包括其他藝術如音樂、繪畫、雕刻、電影等）的學問內馳騁縱橫。受語言限制的人，天分再高也難發揮所長。

在東方學者中，最具研究比較文學資格的，想是韓國人；因為他們老一輩的學者中，有不少兼通中、日、韓文外，還會英、法、德文。我在夏威夷大學教書，就有這麼一個同事：李鶴株，他拿了韓國的學士、耶魯的碩士、德國的博士。只有他這種東方人才真有研究比較文學的資格。另外一位在精神上「歸化」了中國的韓國學者，哈佛大學的 Achilles Fang，通曉外國語文之多，據說比李鶴株還強。除上述六種語文外，還懂俄文、希臘文、拉丁文，雖然究竟「懂」的程度如何，外人難以知道。

這次在印大讀書，由於週末不用做苦工活口的關係，生活也寫意些，課餘之暇，也可找些娛樂。對中國學生來說，除非是富家子弟，所謂娛樂，也不外是週末看場電影，召三五友好，各盡所能來燒些好吃的，飯後就聚集起來，或打橋牌，或談自己的或朋友的「豔遇」，或長嗟短嘆，繼而口沫橫飛的描述自己喜歡的而現在吃不到的食物，如此而已。有車的和有女朋友的，週末還可以效法美國人，帶一兩瓶汽水，一些水果，三四條熱狗，到附近風景區野餐去；沒有車的，則只能守着窩居空發獃。

但這僅是我認識的同學如此。這些同學十居八九是從台灣來，而十之八九都是研究院學生。香港來的學生，讀大學一年級的，聽說生活很有「氣派」。據一位同學告訴我，伊利諾州大學的所在地Urbana，有一條被當地美國人戲稱為「香港街」的，因為那條街上住着很多香港來的學生，家境富裕者不少。這些同學，組成一個俱樂部，閒來聚賭，更召來好玩的美國小姐，花天酒地，此事我雖未見過，但香港學生八九年前在台灣就讀時，在北投開房用美金賭沙蟹的情形，或有掛名在台中台南大學讀書，寓所卻設在台北，整天流連台北歌壇舞榭和彈子房者，這種人我都見過，為數雖不多，但把「香港僑生」的名譽破壞無遺了。能夠送子女到美國去讀書的家庭，照常理說，該比送到台灣去的家庭富有些。在台灣可以風花雪月，在美國也一樣可以風花雪月。

我既不會打橋牌，此時又無女朋友，唯一的消遣就是看歐洲電影。好電影來時，一個星期看兩次。另外一種廉價娛樂就是與王裕珩吹牛皮，好在大家都從同一大學畢業，共同興趣多，談起來常不知天之既白。吃的方面，本來與王裕珩合伙，後他吃不慣我的廣東菜(「外國人竟把你們廣東菜看做中國菜的代表，真冤枉！」他邊吃着我的豬肉炒蛋，邊抱怨說)，我吃不慣他的山東菜(他燒的香芹炒牛肉，又老又韌，我便調侃他說：「想不到仲尼後，山東文化蕩然」)，於是我們便同意拆「伙」。拆「伙」後，兩人為了面子問題，起初還想盡辦法，在菜式上造花樣，務使對方看了垂涎欲滴。但不到兩個月，膩了，兩個人到菜場買菜時，攜回來的還是罐頭食品，熱狗和牛肉餅之類的美國公式食物。

這個時候，週末最高興的是有太太的中國同學請吃飯。這種約會，逢請必到，每到必早。美國同學結了婚的，偶然亦在週末請吃飯，但除非寂寞得要死，否則總藉故推卻。吃得不痛快是原因之一，飯後談得不痛快卻是最大的因素。旅美七年，認識的美國朋友不少了，到美國人家中作客亦作過多次了，但記憶所及，沒有一次是玩得痛快得可以忘我的。無他，格格不入而已。他們談大選，談黑人問題，談華爾街大亨的發達史，英文句句我們聽得懂，但問題不是我們的。雖然站在人家的立場講，有些問題勉強可以算是我們的，如黑人問題，但我們能做些什麼呢？我覺得與美國人聊天，除了 talk shop（三句不離本行）外，大概只能談談汽車的款式，好萊塢的明星和中西文化的短長了。

但也有例外。

一天，剛下了「比較文學導論」的課，突見一昂然六尺的美國同學向我走來，操着流利的廣東話問我：

「你係廣東人，係唔係？」

「係，你點知？」

「我聽你讀英文時嘅 accent（腔調）就知道。」

「你真聰明！你廣東話邊度學番嚟？講得好好。你係唔係準備將來做神父？」

「過獎過獎，」他鞠躬如也的說：「唔係，我唔信教嘅。」

「咁你一定係當兵學番嚟。」

「都唔係，係我老婆大人教我。」

「你貴姓？」

「我英文名叫 Roger Parker，中文名叫栢樂德，係我中文先生同我取嘅。」（此名乃杜撰）美國人學中日文，總有點淵源，要不是傳教士就是退伍軍人，很少有為學問而學問去學中文的。再不然就是因為娶了中國太太，「愛屋及烏」，婚後才學習起中文來。不過，不管他們動機如何，在美國能跟懂中文的美國人做朋友，總可減輕多少隔膜。

栢樂德君當晚就邀我到他家去吃飯。這又是難得之情，美國人，或者任何地方的人，第一次認識就拉你去吃飯的實屬少見。我當然答應，晚上乃買一瓶白酒，一瓶紅酒，作見面禮。

一進門，樂德君就從客廳叫進廚房去，「莉莉呀，劉先生嚟咗嘞。」沒多久，一個二十來歲模樣的太太走出來，穿着圍裙，邊走邊擦着手。寒暄過後，我不禁趁他倆不注意時，向她打量一番。因我覺得，與「異族」通婚的人（除非是有特別用心者），總會在體質、性情或背景上，有些特殊的地方。

栢太太果然豔麗異常。

「你是因你太太才對中國感到興趣的，還是因對中國感到興趣才去找中國太太？」這時我們已轉用英文交談，因為樂德君的廣東話，僅夠說應酬話而已。其實不單栢樂德君如此，此後我在美國看過許多中文流利的美國人和其他外國人，他們閒話家常，絕對可以應付，但能夠用中文來 talk shop 的實在少見。

「說來你一定會取笑我，我是討了中國太太後才對中國發生興趣的，」他說。

我連說不會。其實我一點也沒騙他。我們這一輩的人讀書，難免沾上點功利思想，譬如說我唸英文，起先還不是為了謀生的需要？因為謀生的需要，才拚命把英文學好。到後來唸文科，自然因利乘便的選了英國文學。讀了莎士比亞、讀了英國浪漫時代詩人後，這才真真正正對英文和英國文學死心塌地的愛好起來。但如果不是謀生需要，我為什麼不唸法文？俄文？德文？意大利文？

由此看來，他因娶了中國老婆而唸中文，也實在是順理成章的事，正等於他娶的是日本人，也一定會唸日文一樣。

自此以後，一來由於是同科同系；二來由於他太太是中國人的關係，所以我和栢樂君成了密友。相處日久，我發現這位美國朋友給中國同化得厲害，不但生活習慣和飲食習慣如此，而且行為和思想亦如此。舉例說，他講「義氣」、重私情，有許多地方比普通廣東人還要迷信（如在農曆新年時要聽吉祥的話）。這一點不消說，是受太太薰陶的影響。

與他認識一久，對他太太了解較深些。原來栢太太系出名門，在香港教會學校唸完中學後，就到美國來，在大學裏唸歷史，人長得漂亮，讀書又聰明，又是千金小姐，拜倒裙下者自不乏人。只是她要不是瞧不起，就是對方知難而退，到畢業後，還是獨身。栢樂德君就是在她唸研究院第一年認識她的，那時他自己還是大學三年級，年紀也因此比她小兩三歲。

栢太太實在是東方女性（尤其是韓國、中國和越南）所謂 deceptive femininity 的典型例子。表面看，溫柔婉約，事事唯唯諾諾，但認識深了以後，你會發覺到這個貌似一無城府，事事拿不定主意的「弱質」女子，實在比男人意志力強得多，tough 得多。

栢樂德君的性情與性格，恰恰相反。他雖是個長得昂然六尺的糾糾男子，但做事優柔寡斷，無丈夫氣概。這一點，他倒未受「同化」。這樣一對夫妻合起來，真是天造地設。

他們這對夫婦是否幸福，我們實難靠推測判斷。

不過，他們的社交生活，自結婚後，雙方都受到影響，那是掩蓋不來的。朋友並沒有故意疏遠他們，只是有許多場合，如討論到有關中國政治的場合和朋友敍舊的場合，他們即使參加，要嘛就是興趣索然，要嘛就是侷促不安。基此原因，他們這種「異國情鴛」，往往只有與另外的「異國情鴛」往來。而栢樂德君在我和其他中國人面前，處處拚命的表現自己的「漢化」，會不會僅是一種潛意識的自我陶醉？

聖誕假期，有兩個多禮拜。平日一年難得回家一次的美國同學，這時也準備行裝，回到老家去團聚一番，其隆重熱鬧，大概只有中國人農曆新年可比。

我們中國人呢，花得起錢的，都紛紛往大城市如紐約、芝加哥或舊金山跑，因為「大學城」一到聖誕假期就成了死城，商店關門，飯店收爐，全市除一兩間戲院外，真可說是渺無人跡。教授不見了，同學不見了。

花不起錢往外邊跑的，當然只得留下來。我對下年度獎學金是否能繼續毫無把握，故留了下來；王裕珩的李氏獎學金訂明只有兩年，絕不能延長，故非作兩年錢三年花的打算不可。他也留下來。幸好有他作伴，不然那年聖誕不知怎麼過。

從台灣或香港來的同學，在美國中西部或東部過第一個聖誕，最難忘懷的事當然是看下雪的經驗了。我小時候隨父母逃避日本人，逃到大後方，也看過雪景，但那時年紀太小，所以除記得冷以外就想不起什麼好玩的事。不過，話得說回來，現在自己已經過了堆雪人、擲雪球的年紀，所以在美國第一次看到了雪，除了穿了雪鞋，約同王裕珩二人出外看看雪景外，也實在想不到什麼「好玩」的地方來。大概人的童心一死，這世界也就沒有什麼新奇的東西了。

學校有一個基督教青年會之類的組織，每逢聖誕假期，就通過外國學生輔導處，發信到各外國學生家裏去，問他們假期內有什麼去處，如果沒有，願不願意在二十四日晚上到當地一居民家裏吃晚飯，我和裕珩雖然都怕到外國人家去吃飯，但一來放了幾天假，整天躲在房裏悶得發慌；二來這是美國人的人情味，所以決定出去走走。

我們希望招待我們的是同一個主人，但結果事與願違，王裕珩和我分別受兩位不同的主人邀請。我的主人是個四十來歲的寡婦。除了我自己外，還請了些從東南亞來的人，相談之下，發覺一位自稱是馬來西亞人的學生，卻原來是不折不扣的中國人。

「貴姓？」我問。

「姓何。」

「但你剛才對主人家說是馬來西亞人，是不是？」

「是的，我在馬來西亞出生，拿的是馬來西亞護照，當然是馬來西亞人了。」

「但你姓何，國語又講得不錯嘛，明明是中國人，怎會是馬來西亞人呢？」

「我父親從福建移民來，我小學又在中文學校讀，所以既姓何，又會講國語，這樣解釋，你滿意了吧？」他有點不高興的說。是我問得太沒禮貌了。

「我知道你一定因我不承認是中國人而瞧不起我，」他接着說：「但我請問你，如果我在馬來西亞出生，會講馬來西亞話，有馬來西亞人做朋友；賺馬來西亞的錢，而且，現在派我來讀書的，也是馬來西亞政府，我為什麼卻要對人家說我是中國人？除了我的姓和血統外，我有哪一點兒是中國的？中國給過我什麼好處？你說，你說呀……」

我實在無言以對。不記得是哪一位法國人類學家說過，構成國家或民族之主要因素，不是膚色，也不是血統，而是語言、文化和生活習慣。這種看法，證諸今日環境，實在有點書生之見。

從理論講，這位何君的話，實無可厚非，但聽一個口講中文，姓中國姓，面型是中國人的人公開對人說自己不是中國人，在感情上講，無論如何不習慣。大概國家民族這回事，除了現實問題外，還有情感因素。

這一類人，我在美國看的不少，但也有相反的例子。聽鄧嗣禹先生說，印尼排華最烈的那一年，有一天，他剛上完遠東史的課，有一位他一向認為是印尼學生的女孩子走過來，用英語對他說：「鄧先生，我雖然不會說中文，且世代居於印尼，可是我的祖先是中國人，「所以我也是中國人。」

那頓飯，吃得毫無印象，只記得吃了火雞。火雞大概是美國人的「國雞」，凡有什麼特別的節日（如感恩節），照吃火雞如儀。火雞的好處是肉厚，正合愛吃雞胸肉的美國人的胃口，但對愛吃細皮嫩肉的中國人說來，火雞肉粗，不堪下嚥。

另外一個印象是飯前禱文。我自己，總算半個天主教徒，從小就有訓練，但另外幾位外國學生，弄得相當尷尬；尤其是一位印度小姐，一臉不快的神色。

飯吃完後，主人家放映幻燈給我們看，據說都是她和丈夫以前周遊列國時攝回來的。這些幻燈片，有一特色，就是凡是歐洲的，要不是名勝古蹟，藝院歌壇，就是風光明媚的鄉村。而亞洲部份，要不是孩子伸手討飯，就是他們認為是穿着奇裝異服的婦女；總之，有意無意間總顯露出主人的優越感。回來後，和王裕珩比較經驗。奇怪，請他們的，又是一對孤獨的老夫婦，又是虔誠的基督教徒，所不同者，是飯後沒有放映幻燈片給他們看而已。

在印第安那就讀半年中，有兩件事，值得一記。其一是我自己親眼看到的，另一件是聽同學說的。

先說同學說的。

原來印第安那跟美國其他較具規模的大學校一樣，每年差不多都有一批特別學生。這裏所謂特別學生，是說年齡遠比普通學生為大，在原居地做事做了很久的人，忽然得到所屬機構派到美國來「觀光」、「考察」或「深造」半年或一年的。那年印第安那就有一位先生，拿了服務機構的錢，到美國來深造，這位先生，看來最少有四十來歲的年紀，英文差得很。據一位和他同上過教育心理的同學說，這位先生上課，拿着筆記簿，好幾天一個字也記不上去，顯是聽不進教授的微言大義。後來他乾脆課也不去上了。

這是他學業上的問題，且不去管他。

但他最令布魯明頓中國同學嘆為觀止的事，有兩件：一是他居然跑到外國學生輔導處去，要求他們設法虛報學雜費金額（學費本是學校出納處管理，他為什麼要跑到外國學生輔導處去「求援」，真令人費解）。學校當然沒答應，否則就不會傳出來了。

這位仁兄的第二件令人難忘的事，是說話說得興起時，不但手舞足蹈，而且還滿口「國罵」。他英文不好，課上不來，每天只有混日子，混夠一年半載，就可以學成歸國。歸國後經報紙一吹，就成專家，又繼續混下去。

我們當然不能以一例百，說凡拿錢出來「深造」的人都是這些寶貝。但這六七年來，我在美國跑了五間大學，十多個地方，耳濡目染的，都是這類人不爭氣的事。

現在再說我親眼看到的事。

有一天，中國同學會會長接到通知，說有一位很有來頭的小說家，經歐洲到了美國，要來印第安那看看，要我們盡些地主之誼。同學會當下決定開一個聯歡會，大家聚聚。

那天晚上，由會長介紹後，這位仁兄便演起說來。他講的是什麼東西，我記不清楚，但有幾句話，至今沒齒難忘。原來他說：「兄弟這番由歐洲抵美國，沿途看到不少興奮的事，不妨給各位說出來，以增加各位信心。人家說英國國旗無落日，我們可以說，中國國民無落日。總之，有人跡的地方，就有中國菜館，真為我國爭光不少。」

這番演講，別的同學聽來不知感想如何，我自己聽後，真的難過得很。這種人，真未見過世面，如果中國文化真的要賴中國菜館保存和宣揚，那真是國亡無日了。此公在中國場合中出「中國相」，那麼大家都屬「自己人」，包涵包涵也就算了。但最令人難過的是他在外國人的場合中出洋相。

大概那天柳無忌先生沒到中國同學會，所以沒聽到他的演講，因此翌日便請了他到「中西文學研究」的課來演講。講詞當然用英文講。

在這種場合，如果我是那位先生，即使自己英文極好，也會把講詞準備好，或最少也應把大綱寫出來，這才是負責的態度。

但我們那位先生，平日大概口若懸河慣了，所以到時居然空手上陣。一開口，我真替他揑一把汗，因為他的英文實在不堪承教。

「今天蒙柳教授盛意，邀我來跟你們談談，但因時間匆匆，沒有準備什麼講的，所以我們隨便談談好了，由你們發問，我來作答。」

好久好久沒有人提問題，結果柳先生打破冷場，說：

「我們的課剛講到中國明朝小說，我們可不可以請××先生就這個範圍內隨便談談？」

「啊，好，好，那自然。」他興奮的說：「我研究中西小說時，發覺中國小說有一特質，是西方小說所沒有的。那就是，像『閒話休提，言歸正傳』，『欲知後事如何，且看下回分解』這一類的交代方法，西方小說是沒有的，這兩句話的英文該怎樣講……該怎樣講……。」

那兩句話，他是用中文說的，因此自問自答，不知怎樣翻成英文。最後他迫不得已，問柳先生。

由於他英文詞不達意，學生只能聽懂他一半的話，所以發問並不踴躍。記得快到下課時，一位平日功課最差的美國女孩子問：

「××先生，你認為今日西方作家中，哪個對你們的年青作家最有影響？」

「這個，這個，」他沉吟了半天後，說：「莎岡，法國女作家莎岡。她的作品在我們那裏最受歡迎。」

這實在是很洩氣的事。我們每年派出來的人，用意既然在爭取人心，宣揚文化，因此不能不慎重甄選。選得不好，丟大家的臉不算，還令海外本來對我們有好感的外國朋友大失所望。

繼在印第安那目睹過的怪現象後，一九六五年至六六年在夏威夷大學時，也碰到過一位由某大學去的哲學系教授，所鬧笑話之多，罄竹難書。據選過他課的美國同學說，這位教授，除了背「道可道，非常道」外，其他的哲學入門知識，研究方法，一竅不通。

這種事情，實在太多太多了。我記下來的，要不是親眼看到的，就是發生在我所在地的，其他聽來的有不少更令人痛心者，只是怕傳聞失實，故不記之。

暑假快到時，我接到校方通知，說我的福特獎學金獲准延長一年，並加了二百元，共二千二百元。我當時對福特基金會感激之情自不待言，立誓將來買汽車，一定要買福特出品。

既然下一年經費有了着落，乃申請住宿舍。當時的決定，基於兩個理由。第一，自由煮吃不但太花時間，而且常因趕課而乾脆不煮來吃。打開冰箱，看到有什麼現成的，就吃什麼，不但食無定時，而且食無固定營養和份量。聽說宿舍的飯菜雖然乏味，但最少有專人負責，一湯一菜都以營養價值作單位，不好吃是一回事，但吃了身體好就行了。

第二個原因是想與美國人過一下群體生活。與王裕珩在一起，「人情味」是夠了，但除了上課和在圖書館時過的是美式生活外，一回家，兩個人一聊起天時，就「不勝唏噓、愴然懷舊」起來，過的又是台大懶散生活。這樣子，英文難學好，對美國人的了解也不會加深。

搬進宿舍以後，生活圈子果然擴大了許多。不但每天有機會和美國人接觸，而且還有機會與來自各國的外國學生接觸，包括德國、法國、英國、西班牙、意大利、瑞典、挪威、希臘、南美洲、日本和東南亞各國。這又增長了許多我住在外邊難以聽到和看到的事情。

原來歐洲來的學生中，在美國人眼中，有所謂（當然這僅屬非正式的）一級歐洲人、二級歐洲人和三級歐洲人之分。一級歐洲人，據我聽來的，是英、法、德和北歐等國；二級歐洲人為意大利、西班牙和希臘等；三等歐洲人是東歐國家如捷克、羅馬尼亞等。

在一等歐洲人中，以英法最吃香，這點可由女孩子對他們的反應看出來。美國女孩子對外國學生平日縱有態度傲慢，一臉瞧不起人的神色，可是一碰到英國佬和法國佬，就謙恭異常（宿舍住了一個法國佬，人長得倒沒有什麼，但美國女友之多，簡直應接不暇，羨煞旁人）。我曾就此與栢樂德兄談及，他直接承認這是美國人潛意識的文化自卑感。

「但希臘、意大利、西班牙呢？這些國家不是一樣對美國文化有過直接和間接的影響嗎？」我問。

「那自然，但卻沒有英法兩國來得那麼直接，」他說。

滑稽的是：美國人對英國人雖然極盡討好能事，但英國人背後對他們卻沒有幾句好話說。英國人取笑他們發音，揶揄他們暴發戶式的文化。但骨子裏，英國人實在羨慕美國的富強，在國際政治上扮演了他們當年叱咤風雲的角色——只是他們嘴裏不肯承認而已。

除了美籍猶太人外，美國人似乎並不如我想像中那麼憎恨德國人的。原因大概有以下幾種：一是美國人民除了祖籍英國佔大多數外，德國移民也佔很大的數目；二是二次大戰德國人殺的美國人雖然不少，但德國的炸彈始終沒有丟在美國的領土，納粹的軍隊始終沒在美國的本土姦淫過美國婦女；三是德國人自己實在爭氣，戰後區區十多年，就在廢墟中建立起一個一流強國來。

由此可見，不論人與人交也好，國與國交也好，難免勢利眼。二次大戰時日本人對待美國人也算得上殘忍透頂的了，但今天美國人對日本人之爭氣，也實在佩服得緊。如果我們說美國人對英法兩國人士之執禮甚恭，全是文化崇拜，那就天真了，因為他們對希臘人、印度人不見得怎樣尊敬啊。

至於把捷克和羅馬尼亞等國家列為「三等歐洲人」，除勢利眼外大概就是文化隔膜所致了。

一九六二年夏天，印第安那大學主辦第二屆東西文化關係大會，分別邀請全美東西學者專家到普魯明頓來宣讀論文或主持節目。大會節目繁多，有討論文學的、哲學的、音樂的，分門別類，不一而足。

文學的一組，有夏志清先生，他的論文是〈《水滸傳》的新評價〉。

遠在一九五六年，我就從濟安先生口裏聽了不少有關志清先生的事。記得當時印象最深的一點就是他以中國人的身份教美國人英文；第二點是他娶了美國太太——難怪他英文這麼好，我當時心裏這樣想。

後來在《文學雜誌》陸續看到他寫的文章（論張愛玲的那兩篇文章，據說是濟安先生從英文翻過來的，只是當時看不出來），更心儀其人。一九六一年抵西雅圖，適逢志清先生的《近代中國小說史》出版，美金十元，我買不起，濟安先生乃送了一本給我，並說他的附錄對台灣作家沒說多少恭維話，乃在書扉上寫了一句英文：To S. M., please don't quote（給S. M. 別引我的話）。我當時因為趕功課和做「苦工」養活，沒時間看完全書，只挑着看了一兩章，對志清先生的英文，真是佩服得五體投地。

現在能在印第安那看到志清先生，自是高興不過。

大會開始的那一天，我和幾位系裏的同學，負責招待來賓簽名登記的工作。在來賓中，一聽到有說中文的，長得像濟安先生的，我就特別注意。

傍晚時分，來了穿着深綠色夏天西裝，四十歲左右年紀，戴眼鏡的中國人，一邊走，一邊與他身旁的朋友急促地說話，看樣子，神情非常緊張。

我們幾個招待員忙着給他們辦登記。果然不錯，那位就是志清先生，怪不得濟安先生在台灣時，對我們說他弟弟是個非常 nervous 的人，今番看到，名不虛傳。

我上前跟他握手，並介紹自己。

「呵，你就是S. M.，我哥哥向我提過你。」他一面說一面熱烈地與我握手。

這時英人A. C. Scott也到，他們原已認識，故握手如儀。他當時談了些什麼話，我記不清楚，但有一點，我至今印象猶新的是志清先生這個批評家的態度，文如其人，因他直截了當的指出Scott一本新書的錯誤（這一句話我還記得：「How come, there are so many mistakes in your book?」）。

在開會期間，志清先生忙着他的事情，忙着與他的老朋友談話，沒有什麼機會向他請益。但有一天我和幾位比較文學系讀過他書的中國同學和美國同學聯袂找他一同吃午飯，順便談談，我發覺他說話雖然沒有濟安先生那麼世故，但平易近人，毫無架子，一如乃兄，真是難得。

他和我們交換了地址，說歡迎我們寫信給他。我起初以為這不過是禮貌話，心想人家事那麼多，那有空和你通訊？但大會結束後不久，我試着寫了封信給他，一個星期後，果然收到他的回信，而且寫得長長的，一點沒有敷衍作覆的意思。自此以後，我便和他通起信來，密起來時，一兩星期一封，但最少每個月也通一封信。

起先兩三封，我們用中文寫，後來我說自己的字寫得難看，他乃說歡迎我用英文寫給他。

我們談的內容，除讀書和日常生活外，我有時還向他請教私人的事情。記得有一次，我和一位美國小姐鬧戀愛，顧慮很多，乃寫了封長信向他討教。他回信引了亨利·詹姆斯一句話：Live life to the full（結結實實的生活罷）。要結結實實的生活，就不能事事患得患失，顧慮太多。後來我和那位小姐的事雖然告吹，但志清先生轉贈這一句話，卻成了我少數座右銘之一。我捨棄了威斯康辛給我的升級加薪誘惑，決定留在香港服務，也無非是想 live life to the full（當然，留下來後是否能 live life to the full 又是另一回事，但要緊的是當初的決定，而非後果）。

在大會中，還看到《花鼓歌》作者黎錦揚先生。在台灣讀書時，為了稿費，我把黎先生一篇登在《紐約客》的小說，譯了出來，登在《中央日報》，題名《大蒜風雲》。我把這件事告訴他，他笑了。對中國讀者說來，黎錦揚就是《花鼓歌》的作者。其實，黎先生除了《花鼓歌》外，還寫了不少短篇小說和一個不大為人注意的長篇：《情人角》（*Lover's Point*）。那是一個有關中美戀愛的故事，無論就內容或是技巧來說，都要比《花鼓歌》好，只是後者有 Rodgers and Hammerstein 的提攜，才成為暢銷書。

聽朋友說，黎先生在《花鼓歌》出版以前，曾在唐人街一家中文報館裏工作，管吃住，但薪水微薄到幾乎沒有，是所謂孵豆芽時期。但好處是工作時間少，因此可以在公餘時間內寫他的《花鼓歌》。

這一類的大會，雖然說是專為討論學術問題而設，但「副作用」倒也不少。且說兩個看看。第一個是藉此之便，來看看老朋友的。美國交通雖然方便，「但朋友一個住在東岸，一個住在西岸，平日即便花得起機票錢，也不一定抽得出時間。美國組織大的學術機構，如 MLA（Modern Language Association 現代語文協會）和 AAS（Association for Asian Studies 亞洲學會）每年都有一次大會。這個時候，如果有人邀你在會中宣讀論文之類的東西，學校通常會給你付交通費、旅館錢和吃飯錢（有些學校雖然不會全部負責，但最少也會給津貼的）。

第二個是來找工作或「收買」出名教授的（在美國教書的人，戲稱這類大會場所為 Slave Market 奴隸市場）。因為到這裏來開會的，有不少系主任或學校行政人物，他們的學校要是出了缺，就會在這些地方找人。

除了上述這兩個副作用外，主辦這種大會，還有一種不可忽視的宣傳價值。通常說來，一家大學派出來參加的人數越多（當然是指有實際任務在身者），這間大學越有面子。哈佛、耶魯等大學，因為早有傳統，早已知名於世，故用不着與別的學校去爭了。但歷史淺而又想力爭上游的學府，就非得費盡心機去求亮相機會不可了。要亮相，當然得有見得人的貨色；自己沒有，就得打人家的主意，用錢或其他優厚的條件把別的學校的知名教授搶過來。我上面所說的「收買」教授，就是這個意思。

換句話說，教育界也有明星制度。

有重要著作的，在知名學府任教的教授，要是由他主持一個小組會議，那定會得到「學迷」來捧場，把會場塞得滿滿的。但如果主持人士是不見經傳的，那便非得在會場內找相熟朋友捧場不可——最不幸的是恰巧你的節目時間，與明星教授所主持的節目時間衝突，那真害得你的朋友左右做人難了。

除了明星教授所主持的節目算是例外，普通人選擇去聽一個節目，不外由以下幾個因素決定：一是自己的興趣；二是主持節目的人（或宣讀論文的人）是否自己相識的；三是捧場心理——譬如說有一個小組討論會叫做「遠東文學近況」，分中國、日本和韓國三個部份，這時如果你與小組的人無任何交情，你一定會去聽你自己國家的那一部份，聽完就走。一九六六年的亞洲學會，有一個小組討論「遠東文學中的自然主義」，由韓國人李鶴株主持，就出現這現象，中國人來聽中國人的部份，日本人來聽日本的部份，聽完了，起身就走，毫不含糊。這種場合，中國人稍佔便宜，因人多勢眾也。韓國人最為尷尬，在場的中國和日本聽眾走得七七八八，而韓國聽眾寥寥無幾，即使悉數留下來，也零星得很。

這種場面，真是現實得可怕，勢利得可怕。會議通常開三天，在這三天中總有一個「社交時間」，讓大家聚在一起喝喝酒，聊聊天，而奴隸市場買賣人口的勾當，也在這個時候進行。明星教授，這時一杯在手，談笑風生，在小學院混了一輩子仍混不出名堂的人，這時要嘛是央人介紹，要嘛毛遂自薦，務求識荊，藉此攀龍附鳳。

一九六四年春天，我博士學位的學分已經修滿，照規矩這時可參加博士候選人的預試。如通過這一關，則可開始寫論文；如不通過這一關，則要過一年後再考一次。再考一次不及格，就得「另謀高就」了。

這一關，不消說是研究院生涯最重要的一關，不但與個人名譽有關，且與事業前途有關。在學分還未修滿時，我老早就聽過同學談到這個考試是怎樣怕人的了。

「考試前記得去看醫生，叫他介紹一種鎮靜劑，不然你一個禮拜下來，神經一定崩潰。」

「考試前一天不要讀書，到街上走走，看胡胡鬧鬧、引得你大笑一場的電影去，總之，別碰書本或使你想到書本的東西。」

「你有沒有女朋友？沒有的話，得趕快找一個，考試的那一個禮拜，你需要一個女人拿着三明治、咖啡，在午餐前耐心地在課室外邊等着你出來，照顧你，那時候，你會覺得 The world hath neither joy, nor love nor light nor certitude, nor peace, nor help for pain……」

這都是通過了預試，那時在做論文的同學給我的勸告。這些勸告當然有用，但問題最大的關鍵是我自己：準備得夠不夠充分。於是，在考試前的兩三個月，我把修過的科目和與此科目有關的範圍和時代重新溫習了一下，發覺生疏得很，真是越看越沒信心。既然自己都沒有信心，怎會考得上？

我因此把心事提出來，與系主任商量，要求延期半年考試，使我半年內能專心讀書，把功課溫習一下。

「半年就夠了？」他笑着問。

「那就一年好了。」

「一年後就把書讀通了？」他笑容不改的說。

我答不出話來。真的，一年就有把握把應讀的書讀完了？

「我不想左右你的意見，」他接着說：「因為如果我要你現在就考，你考壞了，就會怪我。但我不妨告訴你，每年到這個時候，總有學生來要求延期考試——包括我們最優秀的學生。但照我個人的經驗，這種考試，一輩子都準備不好的，所以根本難說有信心與無信心。我們教書的，當然明白這一點，所以出的題目，不注重學生的記憶能力，主要是學生的分析能力。」

說到這裏，他頓了頓，在抽屜裏拉出一個裝文件的夾子來，繼續說：「這是我們歷年的考試題目，都是準備給學生做參考用的，你可拿回家去看看，明天帶回來，再告訴我們你怎樣決定。」我回家後打開夾子一看，系主任的話果然不錯，題目都是大題目，裏面涉及的範圍，作家、作品，都是極有代表性的，因此除非你根本沒有讀過書，否則不可能沒聽過這些作家，或沒看過這些作品。這些題目有一特色：不是考你知不知道，而是考你知得多少，知得深入不深入。

考慮了一個晚上，我決定冒險一試。這倒不是因為一次失敗了可以再來第二次——照常情而論，第一次失敗的人信心盡失，下次再考時不一定會比第一次好。我決定冒險的原因無非是像這種題目，如果碰到我平時喜歡的作家和作品，我相信可以憑我自己的見解和分析能力應付得了。但如果不合我自己心意的題目，則再讀一年，也未必會答得好。既然這種考試有選擇，我就不相信沒有我喜歡的題目。

考試前兩三天，惡夢頻仍，聽了同學的話，到藥房買了瓶不用醫生處方的鎮靜劑。這種鎮靜劑服了後人會變得渾渾噩噩，做什麼事都提不出勁。人倒是「鎮靜」了，但書不想看，胃口又受影響，相較之下，我覺得寧取緊張些好，人緊張時，最少腦筋敏捷些，因此服了兩天，就把藥丟了。

考試那天，心情變得出奇的寧靜。拿到試卷時，看到旁的考生左手咖啡、右手煙捲的緊張情形，不禁為自己感到驕傲。

這個試，一共考了一個星期，但實際應考的日子是三天，週一、三、五上下午各考一科。一共考了六科。記得週五考完最後一科出來時，已是傍晚時分，腦子一片空白，說自己接近文盲階段，一點也不為過。在回家途中，碰到一位去年剛考完了試，現在當助教的同學，他笑着對我說道：「如你花得起錢，最好現在就坐飛機到邁阿密或拉斯維加斯那種吃喝玩樂的地方去，儘可能忘記考試這回事。一星期後打電話回來問結果。」

我謝過他的好意，但沒有聽他的話。因為去這等地方，少說也得花四五百塊錢。

我跑到中文圖書館，借了一大堆小說和一些詞選詩選之類的書籍。我記得，那個禮拜內我的生活非常「紀律」：白天讀唐詩宋詞，儘量把自己的思想拉到宋唐時代的中國，儘量與美國現實生活隔離；晚上吃過飯後，就看電影，每片必看兩次，直看到自己想睡時才回來。總之，那個時期，真可說做到與世隔離的地步：不外出找同學朋友聊天，更不敢往文學院那邊走，恐怕碰到正在閱讀自己卷子的老師。

好容易一星期過去。那天醒來特別早，本想一躍而起，披上衣服就到系辦公室，但轉念一想，一個星期都忍得過去了，何不多忍兩三個鐘頭，免同學笑話。「汝游心於淡，含氣於漠，順物自然，而無容私焉，而天下治矣。」「古之真人，其寢不夢，其覺無憂，其食不甘，其息深深。」

汝游心於淡，含氣於漠……。

我念着莊子，念着古往今來淡薄名利的聖哲……。

忽來電話。

「你猜我是誰？」

「除了比較文學系的女秘書外，再沒有人會在這個時間考我試的。」

「你緊不緊張？你知道今天是禮拜幾？」

「我如果說不緊張你就不會把結果告訴我了，是不是？」

她在辦公室內哈哈大笑，看樣子，老闆一定還沒有回來，或上課去了。

笑完後，她就說：「好吧，告訴你罷，你通過了，其實，你聰明的話，不必我告訴你就該知道，因為如果不通過，我才不會打電話跟你說笑呢。」

這一關過後，學位一半已到了手。寫論文，除了個人功夫外，部份也要講運氣。運氣好的，挑了個「好」題目（有的同學挑了題目後，研究工作也做了不少，忽然發覺自己興趣改變，或碰到棘手的問題，解決不了，乃重新再來，另挑題目，如此一來，就浪費一年半載），找幾個不專在小處挑眼的教授——一切順利的話，最遲兩三年也該寫完論文了。

留美幾年中，見過不少寫了四五年，甚至六七年也還未寫完論文的朋友。精神痛苦不在話下，而最可怕的，是任教學校的壓力。制度健全而又稍有名氣的學校，看到你兩三年還未拿到學位，就可能會不客氣的請你另謀高就。

六七年還未寫完論文的人，原因自然很多。能力不足，心情不好，或根本對這勞什子的東西不再感興趣而乾脆放棄的。但最常見的例子，卻是家室之累。結了婚，生了孩子，又要謀生活，哪有時間可以全心全力的去工作？

我把通過了預試的消息告訴了些要好的朋友後，年紀比我大的，留在美國比我久的，都告訴我說：今後兩三年內，什麼計劃都可以有，但千萬別結婚。他們還說，如果能弄到一年助學金，最好先不要出來教書，寧願窮些，先在這一年內把論文趕好，或最少趕出個大綱來。

我聽了他們的勸告，向校方申請助學金，但可惜這次落了空，看來非出來教書不可了。

事有湊巧，鄰州俄亥俄州的邁阿密州立大學剛出了個缺，承柳無忌先生推薦，我找到了在美國的第一件差事。

從西雅圖轉到印第安那，是一轉變。西雅圖是個大城，有大城共有的去處，如中國餐館、劇場、博物館、鬧市中的大商店和百貨公司等等。印第安那的普魯明頓，是一小市鎮，除讀書環境好外，可說沒有什麼給中國人消遣的地方；但我在那裏待了三年，現今想來，倒沒有覺得什麼特別難受的。大概是在那兒的中國朋友多。別的不說，單是台大文科同學，就有十多個，空時大家擠在一起，吹吹牛，什麼煩惱寂寞都消解了。

一到俄亥俄的牛津鎮（邁阿密大學的所在地），情形大變。變的倒不完全是物質環境（雖然牛津城比普魯明頓更小，更「荒涼」）和心境（以前是學生，現在是「老師」）；變得最大的是想找一個人談話都沒有。

邁阿密大學雖有學生一萬，卻是一家不大見經傳的中西部大學，加上沒有設工科醫科，所以中國學生少，別的外國學生更少。全鎮大街，只有一條，電影院只有一家半（另一家專放映歐洲片，常常因生意維持不下去而休息幾天），飯店只有賣夾心麵包的地方。第一天到時，我不禁對自己說：「真的來到劉易士筆下的『大街』了。」

沒有談得來的中國同學，已經夠慘的了；但最可怕的是，我竟然連同事都沒有。我報到那天，院長對我說：「很對不起，我們文學院沒有房子可以空出來，所以暫時把你的辦公室設在音樂練習樓，明年再想辦法。」

所謂音樂練習樓，還不是音樂系的辦公和上課的地方。如果是，那我還可以認識一兩個同事。音樂練習樓原來是一個個裝有隔音設備的「密室」，裏面或放一具鋼琴，或是一個空聊聊的房子。校方就在這樣一個空聊聊的房子中，添置了一些書桌、椅子和其他辦公室常見的器具。

然後就在門上貼上幾個鋼板字：「遠東語文系辦公室」。

原來校方希望我能慢慢的給他們發展，成立一個教授中日文學正式的系，頒授學士學位。我在這裏教書的當務之急，便是培養美國學生對「東方文化發生興趣」。發生興趣的人數越多，學校就會越肯花錢添聘教員，這個系就會越早辦起來。

但在此以前，我是個名副其實的 one-man department，既是「系主任」，又是助教，什麼事都一手包辦。

第一天上課，就給二十多個學生做了個調查：他們的主修科是什麼？為什麼要選中國文學？

調查的結果，發覺來選這科的學生，主修科目，泰半是歷史系和政治的多，其餘的有英語系、經濟系和地理系等。

唸英文系和其他科目的學生，有些答得很妙，也很誠實。他們都說從未好好的考慮過為什麼會選中國文學，只是覺得很有趣，就選了。

只有一個讀英文系的女孩子，其答案最具心思。她說凡讀一種外國語或外國文學，就有機會「窺探另一種人生的可能性」。

大凡在美國用英文教中國文學的，都會為教科書問題而傷腦筋。中國文學譯成英文的，近年經中外學者的努力，已逐漸增多。但一九六四年，Cyril Birch 的《中國文學選讀》還沒有出版，我們教書的，簡直沒有選擇課本的自由。那個時候，簡直是書挑人，不是人挑書。換句話說，我們只好有哪一本，就用哪一本，雖然有時明知所用的這一譯本，其中錯漏百出，也沒辦法。

幸好《詩經》和《楚辭》都有很好的譯本，不然學生用英文讀中國文學，要想引起他們興趣，真是一個大挑戰。文字的隔閡，自然是最大的障礙；但文化背景之不同，價值系統之分歧，都是一種欣賞的距離。

我還記得讀完《離騷》那一天。課後，一位平日讀書很認真，但思想徹頭徹尾美國化的男孩子走到我辦公的地方來，迷惑地說：「我看不出《離騷》有什麼了不起。」

「如果你能夠直接讀原文，就不會這麼說了。」

「不是，我是說《離騷》中所表現的人生態度沒有什麼了不起。」

「哦？你說說看。」

「可不是麼，屈原既然那麼憂國憂民，就不應採取這種消極的態度。」

「那他應取什麼態度？」

「他應該喚起民眾，使民眾能認識當時的形勢，要是有了民眾的支持，他就有力量，然後就……。」

「看不出《離騷》有什麼了不起的美國學生」，我在美國教書多年的經驗中，着實碰過不少。文學是一種心態的表現，普通美國人對中國人的價值觀念，既然認為inscrutable（神秘不可測），難怪他們讀中國文學，會感到「隔靴搔癢」了。譬如說，他們讀「燕丹子」時，看到田光吞舌而死，「以明心跡；樊於期獻頭，以除一己之辱，解燕國之恥，總覺得他們二人太過輕生了。而他們看了最不服氣的，莫過於下面這一段：

> 後日，與軻之東宮，臨池而觀。軻拾瓦投蛙。太子命人奉盤金，軻用抵，抵盡復進。軻曰：「非為太子愛金也，但臂痛耳。」後復共乘千里馬。軻曰：「聞千里馬肝美。」太子即殺馬進肝。暨樊將軍得罪於秦，秦求之急，乃來歸太子，太子為置酒華陽之台。酒中，太子出美人能琴者。軻曰：「好手琴者！」太子即進之。軻曰：「但愛其手耳。」太子即斷其手，盛以玉盤奉之。

看到這一節，他們幾乎都異口同聲說荊軻自負而殘忍，想不通中國人為什麼會對他「歌功頌德」起來。因為照他們的想法，荊軻此行是去「除」秦皇的暴政的，但滑稽的是，荊軻本人看來也是個暴戾的人，否則怎會提出「但愛其手耳」這種要求？

而太子丹本人首肯其人，其賤視人命，與秦皇何異？這豈不是名副其實的「以暴易暴嗎」？

外國學生對中國文學了解之不足，除了受文字、風俗習慣的限制外，另外一個原因，可能是受「新批評」文學批評方法的影響。這種不大講究「一脈相承」的批評方法為人所詬病的地方，就是常把研究的作品，與其本國的歷史文化背景脱離，把作品獨立來看。換句話説，這種批評方法，容易犯「斷章取義」的危險。大概是這種原因，李商隱和李賀的詩，在西方大行其道，想是他們冷豔晦澀的句子，本身就給追求文字 ambiguity 的學生一種官能的滿足。

在牛津鎮一年的日子，是我在美國七年過得最孤獨的日子。一般在美國流浪久了的中國人，都認為要在美國待下去，非得有下列條件不可：有太太和兒女；有三四個談得來、不必預約時間就可串門的朋友；住所附近有中國餐館。

離牛津鎮最近的中國餐館在辛辛那提城，自己開汽車去，也要花一個多鐘頭。最先的兩三個月，為了想中國菜想得發慌，週末不惜長途跋涉，開車子去吃一頓晚飯，一來一回；就是整整一個晚上。但兩個月後，差不多全辛辛那提城的中國館子都吃過了，發覺他們做的菜式，比普魯明頓中國同學太太做的還差勁，以後就懶得去了。

週末既少了一個去處，在牛津城剩下來的唯一娛樂就是電影。自己平時是不大願意看好萊塢電影的，但在這無可選擇的情形下，不得不成為那裏唯一電影院的忠實顧客。每週換片，不管演的是披頭式的音樂片也好，牛仔殺紅番也好，根本連廣告也懶得看就憑票入座。在普魯明頓做學生時，週末除了看電影，還有一個去處：跟同學到酒吧去喝啤酒。牛津鎮也有一家酒吧，但在這裏沒有我的酒伴，而在美國大學城酒吧喝啤酒，喝的是「鬧酒」，一個人去喝，就是喝悶酒，最易觸景傷情，所以不去也罷。

余光中在他《敲打樂》的後記中，這麼記下他在一個小鎮一週的生活：

布市是一個小而又小的鎮，離大湖只有十哩，且正在一條小運河的南岸。鎮上只有一條大街，街上只有一家戲院一週只映一片。每日黃昏我只能邀約自己的影子去運河的榆樹蔭下，怔怔看當地人家的游艇及帆船回城來。一時河上的吊橋轆轆升起，西岸的車輛列隊而行。我也等在橋頭，只為吊橋放下後去對岸買一客蛋捲冰淇淋罷了。不然就開快車去安大略湖邊，面對無情的煙水，看一艘乳白的海舟似夢幻地出於藍隱於藍。那年七月，說有多寂寞就有多寂寞；有時我會對自己的道奇(汽車)說話。在布法羅，有時一個晚上連看三場三流的電影，只為了回去時可以一睡就睡死。

我很高興看到余光中話說得這麼坦白，因為我一向以為，只有我自己才這麼軟弱，沒有「男子氣概」，怕寂寞。（不知慣居於「孤獨國」的周夢蝶與余光中易地而處，會不會對自己的道奇汽車說話？）但余光中只在這種小鎮住了一週而已。

為了不想跟我的福特汽車講話，我買了一架電視機回來。美國的電視節目，廣告多，而且除了看新聞和一兩個輕鬆節目外，實在沒有什麼好看的。但是我買電視另有苦衷：我想在下班回家後聽聽人聲，看看人走動的影子，目的既是這麼簡單，節目好不好就沒有什麼關係了。因為在白天，辦公室內雖無同事，可是上課下課，吃中飯時都可看到人的影子，聽到人的聲音。一回家來，真是再孑然一身沒有了。

在這種環境之下，工作情緒低落（不然的話余光中為什麼不乖乖的待在家裏寫詩，卻在一個晚上連看三場三流電影）。除了應付日常例行功課外，什麼東西都沒心情做，不要說動手寫論文了。

這些日子，怎樣過？

在未考博士預試前，心中有個實在的目標，因此不管遇上任何困難，只要一想到這個學位對自己的重要，就會精神為之一振，不敢怠慢。但現在最難的一關過了，工作找到了，生活有保障了——衝勁也跟着喪失了。要工作有勁，必須有個效忠對象。在這一方面。我真羨慕那些來自所謂「落後地區」的留學生。他們來美國唸書，除了為個人名譽外，還有一個明確的使命：書唸完後回國參加建設工作。這種使命感，在我們這一代的中國留學生中，可說全付之闕如了。從這一方面講，我個人留在美國的生活，可說毫無意義，因為這是我迫於無奈的選擇；因為我不相信我在美國教書真有「溝通中西文化」這麼了不起的能力。

大的效忠對象找不到，小的效忠對象總可以想想辦法。於是，我便想到成家，或者，最少找個女朋友。找女朋友在牛津鎮這彈丸之地，真是談何容易。以前在普魯明頓，一來是學生身份；二來中國女同學不少，若肯死厚着臉皮賠小心，好歹總會碰到機會的。現在在這地方，一來身份變了；二來根本無中國女同學。

看來在牛津鎮唯一可找的女朋友就是美國女孩子。但既無機會與她們同班上課，又無機會與她們做同事，從何找起？每天接觸到的女性，要不是自己的女學生就是餐廳女侍。女學生能不能約會，學校雖無明文規定，但任何稍有常識的人都不會笨到跟自己的女學生約會的。女侍呢？一來無此機會；二來根本不知談些什麼好。

牛津鎮簡直是個小胡同。

就在這百無聊賴的時候，收到一位多年不見的朋友從紐約來的信，邀我在寒假時到紐約去玩。在美國，所謂寒假，不過是聖誕假期的別稱。本來在印第安那做學生時，即有同學邀到紐約去玩。通常辦法是四五個人湊起來，合資買汽油，然後由會開車子的同學輪流駕駛，這樣披星戴月，由印第安那站不停開到紐約去，也要兩三天。在這兩三天內，除了汽車在加汽油時，路過餐館買麵包吃會停下來舒展一下骨骼外，全部時間都要屈坐在車廂裏，好不辛苦。抵達目的地時，已筋疲力盡，根本不想玩了。

現在既然不用靠獎學金過活，乃決定坐飛機去紐約一次。再說，這個寒假，即使不到紐約，我也要跑到熱鬧一些的城市去躲一躲，牛津鎮實在太恐怖了。

別人初到紐約時第一個印象是什麼，我不知道，可是紐約給我第一個最難忘的印象是乘坐地下火車的經驗。

飛機抵紐約時，已是傍晚，老朋友莫匯投君到機場來接，乃一同坐機場公車到城裏，先吃了晚飯，再回他的寓所。

晚上的紐約，尤其是在嚴冬，除了房子比人家高，實在看不出與其他大城市有什麼分別。我跟着老紐約客莫匯投走到最近的地下火車站，購了銅板，挨身走過了旋轉門，進入了另一個世界。

大概是我最近三四年來所住的地方都是大學城的關係，常常很少見到黑人，現在可以看個飽了。

最先看到的是一群打扮得非常怪異的黑人。他們的年紀，大概都是三十歲以下，有些穿着紅白相間的大衣，裏面套上顏色非常鮮豔的毛線衣，曲捲的頭髮染得金黃，戴着耳環。走起路來非常扭扭揑揑……。

「別老是瞪着他們，會惹麻煩的。」我正看得高興時，身旁的莫匯投拉我一把，低聲說。

「他們為什麼染金頭髮，穿得大紅大綠？」

「他們搞的，都是斷袖分桃的勾當。」

「哦……」

話未說完，另一批黑人已到。他們三四個人，都是彪形大漢，雖在臘月時分，穿得卻出奇的少，而且都有一特色：全是黑長褲，黑鞋，黑色套頭毛線衣，而且更奇特的是，雖在晚上，他們仍戴着黑色眼鏡，與剛才我們所見到的那幾個濃粧豔抹的金髮黑人，真是大異其趣——也是相映成趣。

但這情形一點也不有趣，原來先前幾個黑人，一見到這幾位全部黑色裝扮的黑人下來時，即拔足飛奔，由車站的另一出口逃了。

後來的黑人，卻沒有追上去，只叉着手，岸然而立。

「這是怎麼搞的？」我問老紐約客。

「我也不知道，」他說：「不過我們千萬別望着這幾個黑人說話，否則麻煩就來了。

火車來了，我們先上車再說……先等一下，看看他們上哪一車，我們再上別的。」

在車上，老莫感嘆的說：「如果別的交通工具有地下火車那麼方便快捷，我也不想坐地下火車了。」

車上乘客，諸色人種均有，白的，黑的，黃的，有的打着瞌睡，有的翻着報紙，有的跟旁邊的朋友有一搭沒一搭的閒聊着，但不管他們在做着什麼，都有一個共同的特色：他們對周圍的環境漠不關心，好像除了自己坐着的方寸之地外，什麼東西都不存在了。

突然，我想起了龐德兩句傳誦一時的名詩：

The apparition of these faces in the crowd;
Petals on a wet, black bough.

名詩人真不愧是名詩人，能把像我現在所見的「幽靈似的面孔」幻化成——也美化成——出於污泥而不染的花瓣。

「剛才那幾個染金髮的黑人為什麼一看到同類就逃跑？」我心中疑團未釋，追着莫匯投問。

「這個只有他們才知道。不過照我估計，這幾個全身黑色打扮的黑人，大概是與什麼『黑豹』或『黑回教徒』之類的組織有關。這種黑人組織，別的見解可能分歧很多，但在維持種族尊嚴上，方向倒很一致。他們以生為黑色人種而驕傲——一反過去的自卑感——以黑顏色為尊貴，是所謂 Black Pride。

「剛才跑掉的幾個黑人，形狀剛好與他們相反。明明是黑人，卻要染成金髮。明明是男人，卻要作女人打扮。這不是數典忘祖是什麼？我聽說這類『黑豹』的黑人，看見金髮的黑人，就往往藉故揍他們一頓……」

說到這裏，已抵莫匯投家附近，我們乃結束談話，準備下車。下車後，莫匯投頻頻回頭，看看剛才那幾個黑人有沒有跟着走出來。

「在地下火車站裏什麼事都可以發生，」他說：「搶劫、謀殺、強姦，有時還在光天化日下進行。」

「老莫，」我問：「我聽人家說黑人對白種人雖憎恨，但對我們黃種人還算客氣，有沒有這回事？」

「以前我也這麼想。但最近唐人街幾件搶劫案，都是黑人幹的。據說他們挑中國人身體瘦弱，動起粗來也不是他們的對手。二來中國人愛息事寧人，損失不大時就連案也懶得去報。」

我在紐約住了一週，每天往城裏來來去去，最少要上兩次到四次的地下火車。而每次一踏入車站——尤其是在夜晚——我即變成了卡夫卡小說裏的人物，一種被窒息的恐怖感油然而生。

這禮拜的生活，說來過得也極平凡。因為天氣冷，所以除了饞起嘴來不得不到唐人街去一趟外，其餘時間，大都留在莫匯投家，懶得出去。不知怎的，未到紐約前心裏準備了要去那些地方，如帝國大廈，聯合國大樓，博物館等等。一到紐約後，遇到冷天氣，什麼興致也沒有了；尤其是一坐上地下火車，就馬上懷念起普魯明頓，甚至是牛津鎮那種寧靜安逸的生活來。

不過我還是拜訪了些師友。這些師友，有些是通訊已久，可是素未謀面；有些是台大老同學，如叢掖滋；有些認識了一兩年一直保持着通訊關係的，如夏志清先生。本來我在紐約的台大同學很多，不過一來早已失掉聯絡；二來據說有些同學在紐約不大「得意」，不大願意和舊日的朋友來往。這一點，我倒有親身體驗。

有一天，我和莫匯投在唐人街中國餐館吃飯，偶然聽到背後一座客人中，有一位的聲音特別熟，回頭一望，一點不錯，是同班同學賀君。乃暫時拋下了莫匯投，搶過去招呼。握過手後，他就一一給我介紹他的朋友，但只說過姓名而已，他們幹什麼的，卻沒有提。然後一直就說客套話，說恭維話，令我越來越難受。這怎像三四年不見的老同學該說的話？

「怎樣，我們別再說這些客氣話好嗎？好幾年沒聽見你的消息了，你究竟在紐約大學唸完了沒有？」

「沒有，我在紐大待不到一年，就轉學了……但我們別三句不離本行，好不好？我們將來有機會再談吧。」他看看錶，說：「對不起，我們在這裏已坐了個把鐘頭，該走了。」說着，從口袋裏拿出筆和記事本，撕下一張白紙寫下了一個電話給我。

回到莫匯投家後，心中一直覺得很難受。賀君和我另外四五位同學，在台大時，是「圈子內」的朋友。所謂「圈子內」的朋友，就是在大學時覺得志同道合，希望在畢業後能保持這種關係，乃口頭立了契約，訂明將來在事業上互相照顧。這個「圈子內」的人，任何一人先「發了跡」，在道義上有責任給仍在「落難」的朋友幫個忙。

取這個主意，不知是不是當時幾位同學多看了武俠小說，一時興起想出來的。我說一時興起，因為畢業後各人自奔前程，連信都懶得寫，當日「圈子內」的人——如賀君——幾成陌路人。其中有一位外交官的女孩子，當日誓言旦旦，說一定要做一番事業，但她畢業赴美不久，便聽說嫁了當地一個華僑醫生，孩子都已有兩三個了。

撫今追昔，能不悲乎？於是想見賀君之心更切，希望能敘舊一番，並從他那裏打聽其餘各人的消息。

但打了好幾次電話，都沒人接。最後打通了，聽電話的卻是個女人，用英語問我是誰。我介紹過自己後，她就說賀君因事離開紐約，要過一兩禮拜才能回來。

莫匯投不認識賀君，但經我把我們的關係介紹過後，認為他是有意躲開我，或任何令他想起大學時代那段生活。

「為什麼？我又不是個勢利眼的人。」

「你可這麼想，但問題不在你為人怎樣，而是他的現況怎樣……你可知道他現在在做什麼？」

「我剛要問，他就打斷我的話。他原是在紐約大學唸工商管理的，但據他自己說唸不到一年就轉學了。」

「轉到哪一間？」

「他沒講，他叫我不要三句不離本行。」

「那就是了，他大概唸不下去，轉到野雞大學掛名讀書，然後專心賺錢……如我猜的不錯，他一定在『經營飲食業』。」

「別說得那麼刻薄好不好？你又怎樣知道的了？」

「你那天沒看到坐在他旁邊的朋友嗎？」

「沒仔細看清楚。」

「都是在唐人街內『經營飲食業』的，我兩年前在一個親戚的雜貨店內幫忙，常看見他們。」（莫匯投的話，猜對了一大半。兩年後我在芝加哥遇到了另一位同班同學，談起來，知道賀君確在紐約大學唸垮了，轉到野雞大學去，同時又在一家餐館當侍者。後來他的容貌與談吐，很得該餐館一個做酒吧生意的老闆欣賞，邀他到他的酒吧去幫忙，職位和待遇都相當不錯。做了一年，與一位美國護士小姐結了婚。從此以後，幾乎六親不認，連在台灣的父母也很少寫信，朋友往來，幾乎全限於業務有關的，或是到了美國後才認識的。）

離紐約的前一天，天氣突然轉暖，莫匯投乃趁着這機會，帶我到各「紐約必看之地」去走馬看花的看了一遍。歸途中莫匯投突然問我：

「你喜不喜歡美國女孩子？」

「你這個唸哲學的人，怎麼話問得這麼籠統？」

「那你籠籠統統的答好了。」

「Well，」中國人來美後，即使平素是個國粹派，也會在不知不覺間講一兩句英文，尤其是口頭禪，我自然不例外：「和中國女孩子相比，一般美國女孩子當然容易討人好感。不說別的，她們無論與任何人見面時，總是那麼笑臉迎人……而樣子又比一般中國女孩子好看，健美……」

「總算你說了良心話。還有呢？」

「還有什麼？你幹嘛問得這麼徹底？」

「你先別管，且借用你們文人常說的話，美國女孩子的『內在美』，你覺得怎樣？」

「那我怎知道？不過據說她們很能吃苦，不像我們想像中那麼貪玩……」

「你在美國也快四年了，你聽過P. H. T.這個名銜沒有？」

「什麼P. H. T.？沒聽過。」

「Put Husband Through.」（意指供丈夫讀完研究院的太太。）

「那又怎樣？和你有什麼關係？」

他神秘地笑了笑，接着說：「你這次來紐約，看到同學朋友間，起了那麼多變故，一定感慨很多了，是不是？可是我還沒有把我的『變故』告訴你呢，你聽了，一定更多感慨……」

「我知道，你已找到了一個P. H. T.，」我岔斷了他的話，插嘴說：「好小子，居然一直瞞着老朋友，快從實招來。」

「P. H. T.還沒夠資格講，因為我還未結婚，不過，也快了，還差半年吧。」

「唉，快說，快說，我明天就得回不毛之地去……來，我請你喝杯馬丁尼，慢慢給我由頭講起，我們在附近找個有阿哥哥舞看的地方。」

「你真土包子，凡有阿哥哥舞表演的酒吧，都吵得不能談話，還是回家去，你把要請我喝酒的錢自己買瓶酒回去划算得多。」

於是我們買了一瓶杜松子酒，一瓶白苦艾酒，一小瓶橄欖，回去自己調馬丁尼酒喝。路經唐人街時，叫了幾道外賣小菜，準備回去吃個飽，喝個足。

一回到老莫的家，我就想起來：「對了，老莫，為什麼不請你的P.H.T.來一道吃飽？」

「噢，你是說為什麼我這幾天把她藏起來，不介紹她給你認識，是不是？她回家去了，別忘了這是聖誕假期啊，老兄，除了像我們這種中國人外，都回家過聖誕了。」

「她是不是你的同學……」

「慢慢來，慢慢來，」莫匯投說，一邊從冰箱裏拿出冰塊來：「你要不要我從頭講起？如果要，先讓我喝點酒好不好？」

我們帶回來的全是廣東式的下酒小菜，青椒炒鵝腸，鹵水鴨翅膀，豬肚，豉椒炒田螺。美中不足的地方是杜松子酒酒精量高，因此只能小喝，如果能有紹興黃酒，暖着喝，那就好了。不過幸好莫匯投冰箱裏啤酒多的是，兩杯馬丁尼過後，就換了啤酒喝，冷酒熱菜，倒別有一番風味。

「你可知我去年大病了一場？……呵，我想你不會知道，因為我是不會寫信給朋友告訴自己生病的。總之，去年春夏之間，得了流行性感冒，後來變支氣管炎，一直病了兩個禮拜。

「你有沒有在美國生過病？如果有，如果你肯對自己坦白一下，你不得不承認無論你平日多tough都好，都會在這個時候變得sentimental起來。有一天，我燒剛退了點，腦筋也清醒點，我忽然想起了《天方夜譚》裏面一個故事，細節已記不清了。總之講的是個惡魔，其精靈給人關在瓶子裏面，拋在河底，已關了不知多少年了。於是他在瓶子裏面發了毒誓，任何人如果在多少天之內將他救了出來，他必幫助那人獲得他心中的任何願望。如果在這個期限內沒有人把他救出來，那麼，嘿嘿，將來誰碰巧把他救出來，誰便遭殃。

「病中當然希望有人服侍，尤其是在美國這個病死了也沒人知道的國家。於是我便效法《天方夜譚》中那個惡魔，一樣起誓：若是平日與我date過的女孩子，有誰在三天之內打電話來問我近況的，必娶她為妻——雖然一來我無惡魔給人有求必應的能力；二來我要娶人為妻，人家也不一定肯嫁我，我這個學哲學的人，頭腦很不清楚，是不是？

「在這期間，打過電話來的，並且開過車子送我去看醫生的，是一位我在香港時就認識的男同學。因為常常見面，所以幾天看不到我就覺得奇怪，打了電話來查詢。女孩子我date過的，倒有三四個但來往不密，所以我這個『毒誓』，看來是沒有什麼作用了。

「但說也奇怪，就在我立的『期限』最後一天，馬德琳——我date過的一位唸中國歷史的美國女孩子——居然來了電話。原來我那位香港的男同學也認識她，說起來，她才知道我生了病，問可不可以來看我。

「以後的事，屬於『男女私情』，不足為外人道也。」

我正聽得津津有味，他卻「不足為外人道也」一句收場。而且，這玩笑是不是開得大了點？一個電話，就定了婚姻大事？

於是我便將心中的疑惑告訴了他。

「當然不像我說的那麼簡單。但是我不能否認，我們的感情，確在我這場病中建立起來的。你想想看，我連起來燒開水的氣力都沒有時，忽然家中來了個人，給你噓寒問暖之餘，還給你燒水、洗衣、打掃地方，一直弄到深夜才走。白天一下了課，就連功課也帶着來做，你是我，會不會感動死？中國女孩子給你做這個，還可說是發揚同胞愛，但馬德琳是個洋妞呀。」

「但這是感激之心，不是愛情，」我說。

「你又怎知我們沒有愛情了？老兄，我病好一年多了，這一年來，我們最少隔兩三天就見面一次，什麼事不可以發生？再說，馬德琳實在是美國女孩子中少有的，她氣質本來就像東方人，再加上唸了三四年中文，唉，崇華崇得直叫你不好意思，一腦子盡是『芸娘思想』，如果你說我是因為她在病中照顧我而愛上她，那麼她可以說是因愛上了中國而愛上我。這一年來，她不但勤習國語，而且到處張羅中國菜譜，現在燒的菜，真的不錯，只可惜她太像美國一般廚子，太迷信菜譜，配料幾乎先用天秤量過重量，不會隨機應變，不憑靈感……」

「對了，你忘了解釋一下她會是你的P. H. T.嗎？」

「你真的一點也不放鬆，」他苦笑說：「事情是這樣子的，我今年夏天博士預考通過，取不到寫論文的助學金，本想出來教書，邊教邊寫。但馬德琳說這樣子不好，會拖上三四年，甚至五六年的。碰巧她今年大學畢業，乃要我安心在家裏寫論文，自己找了份教小學的差事，我的開支，暫時乃由她負責……」

「既然那樣，那你們乾脆結婚好了，」我忍不住插嘴說。

「她也提到，可是我卻要先拿學位，你知道，如果我們現在結了婚，可能會有許多意外事發生——譬如說，她有了小孩——那時我大概非要靠她養一輩子不可了。」

「老莫，我問你一句不客氣的話，你接受馬德琳的經濟援助，不怕別人說話麼？」

「你應該說我自己會不會過意不去才是，因為你知道我是很少計較到人家怎樣看我的。當然，這事我也考慮了許久，和馬德琳也商量了許久。照我估計，如果我能心無旁鶩的去寫論文，一年半或頂多兩年內就可以寫好。如果邊教書，邊寫論文，可就難說了。兩者輕重一經權衡起來，取捨就不難了。你說是不是？」

莫兄的話，實在不無道理。朋友間因急事而接受對方的幫忙，是天經地義的事，那麼未婚妻為了幫助未婚夫儘快完成學業而在生活上照顧他，那有什麼不對？這樣說來，我剛才問老莫的話，不但唐突，簡直是少見多怪了。

我們的菜早已吃光，酒也喝的差不多。都是啤酒，所以數量雖喝得多，酒意卻不濃。

為了驅除睡意，保持頭腦清醒，我乃提議莫兄泡一壺濃咖啡。

喝過咖啡後，老莫拿了相簿出來，交給我笑着說：「好好的滿足你的好奇心吧。」

我隨手翻閱着相簿，發覺裏面全是老莫和馬德琳的生活照片，有獨照的，有雙人的。馬德琳長着一頭黑髮，戴眼鏡，臉圓圓的，看來很愛笑，笑起來總露出牙齒。她不是什麼美人胚子，但樣子很乖、很甜，好像教堂唱詩班走出來的女孩子。

「你真好福氣，老莫，這種女孩子，到哪裏去找。對了，你父母和馬德琳的父母會不會給你們找麻煩？」

「我父母雖沒有鼓掌贊成，但倒沒有反對過。這大概與我家兄弟多有關，用不着我來傳宗接代。而且，他們對我這個不務實業，居然去唸哲學的兒子，老早就失望了。

「但馬德琳的家長在開始時倒給了她不少麻煩。因為她家住在田納西鄉下，是標準的美國小市民。平日除了在電影電視上難得看到一個中國人，一聽到女兒要嫁給一個『中國佬』時，其反應不難想像。幸好後來我到他們家裏去住了幾天後——除了背出一大堆西方哲學家的名字去唬他們外，還燒了兩天的中國菜去打動他們的『軍心』——使他們印象大變。馬德琳的幾個兄弟，還成了我的好朋友……這也是國民外交的一種，對不對？」

「你說得好輕鬆呵，老莫，真是春風得意，可憐小弟……」說到這裏，警覺地停下來，一說下去，就會自憐自嘆了。

「你為什麼不找個女朋友？苦了這麼多年，也該輕鬆一下了。是不是要像我一樣生一場病，然後才會體驗到《天方夜譚》中的邪惡魔頭的寂寞？」

「生病倒有可能，但卻不會有你福氣。」

「採取攻勢啊，老弟，這是美國，中國女孩子和男孩子的比例是一對五六。你可聽過在普渡大學讀書的中國男孩子怎樣追求女同胞？那可不得了，你找鮑叔明跟你說說……但我倒想問你一句話，你是否非中國女孩子不娶？」

「現在很難說，因我尚未碰到一個像馬德琳那種女孩子。」

「如果碰到了呢？」他問。

「那就難說了，如果我碰到像你這種情形，說不定我也會『把心一橫』，不顧後果……但是，老實說，以目前情形看，我還是不夠勇氣，我有點怕。」

「怕什麼？」

「因為我沒有在美國終老的打算，而帶着洋太太回香港、台灣，或有朝一日返回大陸，那就麻煩多了。中國人老時要落葉歸根，美國人也會這樣想的，這是人之常情。你說呢？」

「我？我很簡單，我根本就沒想到回大陸。」

「你意思是說我們沒機會回去呢？還是有機會時你也不想回去？」

「我告訴你，這不是我個人願不願意或將來有無機會回去的問題，而是——譬如說，我們十年後有機會返大陸，你試想想，那時在大陸的中國人，他們的心態是什麼一種心態？我相信，我們見面時，除了語言、血統和吃東西可以說同屬於中國外，其他的地方，如思想、生活習慣和價值觀念等，就不可靠了。那時可能出現一種怪現象：他們會認為我們這批從海外回去的中國人是不折不扣的二毛子，而我們也感覺到他們與我們『想像中的中國人』不一樣。結果是，我們身居故國，猶處異鄉，與我們的同胞相處，反覺格格不入。你懂我的意思嗎？

「懂當然懂了，但我的看法和你不一樣。我覺得，如果哪一天我們可以回去，那麼，即使要我重頭學起，學習過大陸中國人的生活，這代價也值得的。這等於我們初來美國時，儘量使自己適應美式生活的道理一樣。別忘記，老兄，我們在海外的中國人是少數分子啊，我們怎能希望八九億人來學習我們區區幾千——就算幾萬好了——個留學生的生活方式？」

「你在這方面的勇氣倒比我大，我呢，我真的是積習難改了。我在考預考前一個暑假回過香港一次，你知我家人和中學時代的朋友怎說我？說我『假洋鬼子！』當然這是開玩笑的話，不過說真的，和他們相較之下，我實在是非常『不中國』的了；如果他們所代表的，確是『正統』的中國的話。」

「依你這麼說，你真的打算在美國過一輩子了？」

「唉，你何必這麼問呢？總之，我這個人，不願過守株待兔式的生活，我不願意以十年二十年後可能發生的事而決定目前的生活。晚年的生活固然要緊，但青年、中年那一段生活，何嘗不要緊？要我因晚年那十年八年的生活而放棄像馬德琳那樣一個女孩子，那我辦不到。好吧，就算我以晚景淒涼來交換二三十年的幸福吧，在我說來，這也是值得的。而且，而且，唉，今後二三十年的事，誰料得到，誰料得到。」

我默然。我能說什麼呢？

中國啊中國即使我要說些什麼
你也聽不見你也不願意聽
況且這是冬天，所有的心
所有的雪花在風中漂泊
凡狼皆餓嗥，凡鬼皆哭
中國啊中國你聽不見我說些什麼

（見余光中詩〈凡有翅的〉）

從紐約回來後，生活真是由「絢爛歸於平淡」，心情比未去前安定多了。少時讀書，老師老愛提醒我們：「讀書時讀書，遊戲時遊戲」，讀書時別想着玩，玩時別想着讀書。在牛津鎮居住，最難受的；是除讀書外，根本無戲可遊，致影響讀書情緒低落不堪。

不過，我上面所說的安定心情，維持不到兩個禮拜，又告擾攘起來。看樣子，我要嘛是趕快離開這裏，到大城市的學校去，要嘛是趕快結婚不可。

趕快結婚，談何容易，唯一辦法是離開這裏。於是便把自己的資格油印了十多份，分別寄到位於大城市的大學校和小學校去求職。

回信都是千篇一律，要嘛是沒有空缺，要嘛是要我學位拿到後再去申請。這真是惡性循環，學位拿不到，走不開；不離開這不毛之地，論文寫不來。苦也，苦也。

就在這個時候，一個不大不小的奇蹟出現了。

一天晚上，九點多鐘，我正準備明天的功課時，一對平素有往來的緬甸夫婦忽然來了電話：

「喂，劉，介紹一位小姐給你，」緬甸先生說。

「什麼小姐，緬甸公主嗎？」這位緬甸朋友，平日開慣了玩笑，所以我現在仍以為他在鬧着玩。

「不是，緬甸小姐才不跟你這種人來往，是美國小姐。」

「見鬼，美國小姐才用不着人家介紹呢！一定是什麼老姑婆，嫁不出去，或者是什麼熱心的傳教士，一心要搭救我的靈魂……。」

「唉，唉，話不要說得那麼刻薄，我夫婦平日又沒有刻薄你，你快來吧，快來自己看看吧。」說完後，就把電話掛上。

好奇心大起，我連忙拋下書本，開車子到緬甸夫婦家。介紹過後，原來這位小姐——珍妮——是我們鄰近一間極小的（學生五百人）西方女子學院的助理註冊主任。

緬甸先生太太備了茶點，我們喝完茶，聊了一陣，珍妮就要回去了。緬甸先生向我使個眼色，然後就叫我送小姐回去。臨行時，他拉我到一旁，吩咐我送小姐返家後再到他家去坐一坐。

珍妮住的是學校宿舍，開車走，七八分鐘就到了。因此我們談話的機會也不多，只知道她是東部人，出身於東部一間貴族女子學校，去年才畢業的。就說了這麼幾句話，車子已開到她宿舍前面的停車場。

「要不要進來坐坐？」她問。

「不了，太晚，改天找個機會再談，好嗎？對了，你的電話號碼在電話簿上找得到嗎？」

「找不到，」她笑着說，跟着在手提包內取出記事本，撕了一張紙，把電話號碼寫了給我：「在辦公時間內可以找到我，好了，再見了。」

回到緬甸夫婦家後他們問的第一句話是：「怎樣，沒騙你吧？」

我坐下來，心中有許多大惑不解的地方。珍妮長得很不錯，談吐又很大方，受的教育又好，怎麼會要人介紹男朋友呢？我乃把心中的話，告訴了他們夫婦。

「我們說『介紹』，當然是開玩笑性質，不過，說實在的，珍妮在這裏也是寂寞得很，要想週末找個男朋友陪去看電影也不容易。」

「為什麼？」

「那還不簡單，她做事的地方是女子學校，同事女的居多。若是男的，孩子都有她這麼大了。」

「那她可以到我們的學校來找呀。」

「你忘了我們這裏的學生，年紀都比她小麼？我們這裏根本就沒有幾個研究生。再說，即使年齡相當的，他們的出身，她亦未必瞧得起。慢慢你若跟她熟了，她就會在你面前挖苦這裏的人，叫他們『捧着書本道具的鄉巴佬』，你說好玩不好玩？」

「她既然這麼勢利眼，那我碰上去，豈非自討苦吃？」

「那不同，她的勢利眼不是功利的勢利眼，而是文化上的勢利眼。這一點，我們東方人就佔便宜了……怎樣，你打不打算約她出來玩玩？」

就這樣，我認識了珍妮，並且從她那裏知道她「對道奇汽車說話」生活的一面。

原來她的差事，一個月內，最少有兩個禮拜要「出差」的。所謂出差，就是自己開着汽車，到鄰近（主要是東部）的州去與當地快要畢業的女中學生談話，介紹有關西方女子學院的概況。換句話說，珍妮做的，是「推銷員」的工作，因為西方女子學院是不大見經傳的私立學校，非這樣推銷一下，就沒有學生來讀了。

平常在辦公室辦公，下了班，沒有同事談話，週末沒有男朋友陪看電影，已經夠寂寞了。一到要出差的兩個禮拜，更苦不堪言。一個女孩子開着汽車，白天在公路上趕路，晚上則要留在motel（有人翻做「汽車旅店」）過夜。Motel內人品複雜，看到單身女性一個人吃晚飯，要是對方求「豔遇」心切，就會向你擠眉弄眼，害得她一吃過晚飯，就跑回自己的房間關閉房門，把「請勿騷擾」的牌子掛出來。

跟珍妮認識後，日子當然好過些。以前吃飯、看電影、旅行，沒人作伴，現在可不愁寂寞了。心情一好，工作效率就隨着增高，論文的第一章，就在認識她後的兩個月內完成。照這種效率發展下去，則整篇論文，當可在一年內完成。這幾個月的生活，使我更能體會老莫和馬德琳二人間所作的決定，怪不得他說「以晚景淒涼來交換二三十年的幸福」也是值得的了。

可是正當我在牛津鎮開始嘗到一點生活樂趣的時候，忽傳來濟安先生患腦溢血逝世的消息。這實在是一個很大的打擊。我大學讀了四年，研究院讀過三年，做過我老師的中外教授，少說也有二三十人，然而在讀書上影響我至深，私交和我最切的，只有濟安先生一人。撇開了私人感情不談，先生之死（死時才四十九歲），在中國文學史上，是一大損失。近十多年來由港台二地赴美國唸文科的人雖然多，學位唸完的，找到教書工作的也不少，但英文寫得像先生那麼優雅雋永，見解那麼深刻獨到的，真是屈指可數。尤其難得的是他竟能以「中國問題專家」的身份寫出那麼多論文學的文章。有一次，我和莊信正、王裕珩幾位台大同學談起來，說如果先生能夠找到一份教中國文學的差事，不必再幹他的「中國問題研究員」的工作，全心全力以新的方法來研究中國文學，那他的貢獻，一定更大。

我自到邁阿密大學教書後，心中一直就有個打算：學校不是要我以「系主任」的身份來建立和擴展這個「遠東語文系」嗎？只要我用心教，在兩三年內把這個系的學生增加起來，我就有權要求學校加聘教員，到那個時候，我自然就有辦法說服校方把濟安先生請來，他就可以專心做他喜歡的工作而不必再看《人民日報》……。

這個心事，一直沒給先生提起，也沒有向任何人提起，現在決定趁此機會記了下來，算是了卻一樁心事。

濟安先生逝世後不久（先生歿於一九六五年二月二十三日），我個人的生活，也有了轉變。

大概是四月中旬左右吧，夏威夷大學東方語文學系的主任楊先生來了信，謂得柳無忌先生之介，得知我的地址，並問我有沒有興趣接受他的聘請，到夏威夷大學教書去。

夏威夷？

一九六一年我乘克利夫蘭總統號船到美國，第一個抵達美國的關口便是夏威夷。其時我們好像僅得八小時停留，但我因有同學就讀該地，因此時間雖短，倒把夏威夷大學的部份校區看了。最令我難忘的倒不是夏威夷的明媚風光，而是該地人士給我的第一個印象。

記得我們抵達夏威夷那天是星期日，我卻想買些郵簡，寫信給弟弟，乃問警察，看看有什麼辦法。他說我唯一的機會是到 drug store（名稱雖叫藥房，裏面貨色真是包羅萬有，既賣吃的又賣看的）。我乃在市區走着碰運氣，問了四五間都說沒有，最後總算找到一家了，心中乃說，即使他賣黃牛價錢，我也只好買了。

店主是個東方人，大概四十來歲年紀，很和氣，看見我的行裝，乃問我是不是從外面來。我因趕路，未便與他細談，乃要了八張郵簡，掏出一塊錢來。他連忙把紗票拿起，放回我口袋裏，並說：「你們出門的，身上該多留着點錢用。你們是不是要趕回碼頭去？來，我送你一程。」說着，也不等我回答，就把店務交給一個夥計模樣的人，就開車送我上船了。

這個遭遇，終生難忘。而我收到楊先生信後第一個反應就是想起那店東的面孔，想起夏威夷那裏的人，那裏沁着花香的空氣……。

那還有什麼考慮的餘地？於是乃覆了信。過了四天，一個晚上，晚飯時間，楊先生從夏威夷來了長途電話，並正式給我「助理教授」的口頭聘書，叫我儘早用電報覆他。我乃在電話上說，不必考慮了，我來就是。

除了珍妮和一兩位像緬甸先生夫婦那種朋友外，牛津鎮和邁阿密大學真是一無可戀。珍妮自己在我找到新差事後不久也在東部找到了工作，離家既近，又不用做「旅行推銷員」真理想極了。從某種方面說來，我們「各散東西」也是好事；再在牛津鎮這種環境相處下去，任何一方——或者甚至雙方——不難動了情感，到那時分手就不易了。

夏威夷美則美矣，東西可真貴，這是我一九六一年作遊客時所想像不到的。舉凡吃的、住的、穿的，無一不比美國本土任何一州貴。當地人一聽到遊客抱怨物價貴時，都異口同聲說：「我們要付運費嘛！」這倒是事實，因為夏威夷本土除了產甘蔗和鳳梨外，聽說連海產食物都要靠美國大陸運來。

我得一位印第安那大學同學的幫忙，花了好幾個鐘頭的時間，才在學校的「木屋區」附近找一間所謂 efficiency apartment ——即睡房、廁所、廚房全湊在一起的房間。房租貴得怕人，一百二十元，佔了我四分之一的薪金。

在吃的方面，與牛津鎮相比，真是不可同日而語了。因為此地雖無像舊金山那樣名副其實的中國城，但中國人多，且遊客又愛吃中國菜，故中國餐館林立，等級多種，既有為一擲千金的富豪而設的，也有為僅能花一元幾角的窮學生而設的。

在工作方面，也比在牛津鎮時愉快得多。對邁阿密大學教授來說，東方語文是一種時髦的點綴品，而東方語文在夏威夷大學是一個大系，教員多，學生人數也多。除中日文外，還有韓國語、越南語、泰國語等，辦得好不好是另一回事，以課目之齊備，學生人數之多說來，真夠得上洋洋大觀的資格。除東方語文系外，夏威夷大學還有一個直接由美國國會撥款支持的「東西文化中心」，設有不少獎學金和研究津貼，給國內外的成名學者和專家到這裏來做研究之用。

以前在邁阿密教中國文學，是少數分子，現在在夏威夷是多數分子，對個人的士氣和職業尊嚴，大有裨益。以前在牛津鎮雞尾酒會中，跟人家說是教中文時，對方要不是以好奇的眼光望你一下：「想不到這裏也有這種課程」，就是禮貌的說一句：「How interesting」(多有趣)。

系裏也幫了我很大的忙。為了使我有多些時間寫論文，楊先生僅給我六個鐘點的課。三個鐘頭是「中國文學英譯」，三個鐘頭是「現代中國文學選讀」。這兩門課，我在邁阿密大學時已經教過，可說是「駕輕就熟」了。

但這兩門課中的其中一門——「現代中國文學選讀」——給了我不少意想不到的麻煩。

原來這門課是高年級的課，三四年級同學可修，研究生也可修。上課那天，打開名單一看，心中暗暗叫苦，原來在選課的五六位同學中，除了兩位是白皮膚的「美國學生」外，其餘三四人，全是自己同胞。這不打緊，因為如果他們是在此地土生土長的華僑子弟的話，那麼他們除了膚色是中國人外，中文可能一竅不通，英文成了他們的第一語言，那麼我就可以對待一般美國學生那樣對待他們。

但問題是，這三四個中國學生中，幾乎清一色是從台灣來的。

為什麼他們要千里迢迢的來唸中國文學？好奇心起，乃請他們拿出紙來，給我寫一些背景資料，如在哪裏得的學位，哪一系的學位，在大學時修過哪幾科文學的課程，現在在夏威夷主修哪一科等等。

調查的結果是，竟沒有一個拿的是文學士學位，要不是××法商學院的經管系，就是××大學的政治系，而且，除了大一國文外，沒有一個人選修過文科。

而現在他們修的「現代中國文學選讀」，是為不懂中文的美國學生而設的，教材和方法都因此與國內大學中文系有異，更不用說習作和考試都得用英文了。

對這種「怪現象」反應最快的是那兩位美國同學。當天下課後不久，他們就到辦公室來。

「劉先生，我們兩人的中文，只讀了兩年，恐怕跟不上你的課，」其中一個說。

「但我是用英文講課的啊！而且，在我們的『課程說明』內不是說得明明白白，這一門課教材全用英文翻譯，因此如果有文學根底的人，即使中文不會，也可選讀的嗎？」

「說是這麼說，可是我們寫起讀書報告，或在考試時，總會吃虧，因為我們不能像中國學生一樣，用第一手參考資料，而翻成英文寫成的研究資料，畢竟有限。」

他們說到這裏我驟然明白過來，原來他們擔心到競爭問題，分數問題。這也難怪，他們是研究生了，而研究生的生活，多靠助學金或獎學金維持。

擺在我眼前的，確是一個棘手的題目。如果我安慰他們說，他們不會中文不要緊，只要文章寫得好，說話有根據，英文參考書會充分利用，那一樣會得好分數，那就無疑給他們講條件，他們將來即使考得不好時，也不能秉公辦理。

我目前唯一可行的辦法也就是「秉公辦理」。這是一家美國大學，而這裏遠東語文系所開的課程，主要的對象，是美國學生，所以標準也得以美國大學研究院為準。那就是說，我將以 seminar 方式來授這課，班上每個同學，都得自己負責研究一個小題目，每隔兩三個禮拜，便得以口頭報告方式，將這題目的研究過程向班上各同學報告。

這個規定，對不習慣用英語寫作的中國同學（或任何外國學生）說來，自然吃虧。但唸文科不同唸理工科，到英國或美國去讀文科而語言根底不好，實在不知從何唸起。

另一方面，這個規定實在最公正不過。單憑考試或讀書報告而決定分數，容或有偏私機會，但若要每個同學把自己研究的經過和心得，對全班同學做口頭報告，那麼是好是壞，同學自己不難看出來。所謂公道自在人心。我現在可以依靠的，僅是這個了。

我把這個決定告訴了那兩位美國同學後，他們真的沒話說了。

可是這種措施，卻得不到中國同學的支持。這是意料中事。

他們諭「我們從台灣來，英文說不過他們。」

「沒關係，我並沒有要你『說得過』他們，也不是要你發音怎樣標準。我要求的是你把讀書報告在班上讀出來，若是你的發音確是不好，可找同學代你唸。」

「可是我們在台灣時沒用英文寫過報告。」

「這個我知道，我也在台灣唸過書，但凡事總得有個開始的。這樣吧，你寫好後先找一兩位美國人幫你看看，然後再到課室來唸。」

還未到第三個禮拜，班上四五位中國同學都先後退了這門課。後來我在別的場合碰到他們，問起原由，他們都説英文不好不是主因，最大的原因實在是他們自己一點文學根底都沒有，寫起報告來，不知如何下手。

夏威夷的風景和天氣，使整天待在圖書館裏趕論文的人容易產生辜負青春的犯罪感。如果處於一個氣候惡劣的地方，或根本除了躲在房中看書別無去處的如牛津鎮外，那麼，整天不分晝夜的看書寫論文，心安理得，不會覺得虛度青春。

但夏威夷實在太美、太迷人。而且，除非你不走到海灘則已，一跑到海灘，看到一大堆的人，遊客也好，土著也好，年紀大的也好，年紀輕的也好，都忘其所以的在享受生命的青春。這時候，你不禁會問，人生能有多少天像今天？像此刻？怪不得奧瑪卡樣説：Take the cash, let the credit go了。

但如果我學他們一樣，每天下了課後，就跑到沙灘去躺着曬太陽，盡情的去享受感性的生活，則我自己知道，不出兩個禮拜，又會起另一種虛度青春的犯罪感。

「寫完論文後再來這裏曬太陽。」在沙灘附近徘徊了好幾次，跟自己的生命討價還價後，我下定決心説。

於是，我到百貨公司去買了一大幅厚厚的黑布，回到家後，把原來僅用來裝飾的窗簾除了下來，把黑布掛上。黑布掛上後，室外一絲陽光也透不進來。這樣子，我的時間觀念只能由時鐘指示，而外間一切的花草樹木、陰晴風雨，也與我無關了。

除此「苦肉計」外，我還給自己立了條例，不管晚上多晚睡，每天早上五時即起床，儘量爭取起床上課前那三四個鐘頭來寫論文。

這種生活方式一實行，立見效果，在夏威夷待了不到半年，論文初稿已完成，剩下來的修改與補添工作，以此工作效率說，兩三個月就可完工了。

論文既做得七七八八，思家情更切了，碰巧這時在香港有朋友寄來中文大學聯合和新亞書院招請教員的廣告，兩家英文系都出了空缺，乃立刻寫信去取申請表格。

寫出後大約一個月，新亞書院來信說只有一個助理講師的空缺，問我有無興趣應徵。這差事，即使得到，也不過千把塊錢，除去生活費用，就不會有餘錢買書了；反正聯合還有機會，再等一下吧。

不料再等了三個禮拜，聯合書院仍然無確定的回音來，而威斯康辛大學的中文系，這時來了一封信，問我有無意思到那裏去教中國文學和比較文學，因為如果事成，將是兩系合聘。

威斯康辛雖是美國名學府，但香港是我的家，離開已五年了，如果此時聯合書院正式通知我說我已被錄用，則我會毫無考慮的回香港，但聯合書院卻遲遲無音訊，好不氣人。

目前唯一辦法是兩方面進行，那就是說，先申請威斯康辛再說，反正美國學校請人通常也要開會決定的，再加上書信往來，最少也要兩三個禮拜才知結果。

但世事真難逆料，急着要知結果的偏不來，並不十分在乎的事情卻來得奇快。我的信發後不到十天，威斯康辛的聘書到了，並促我儘早答覆接受不接受。

這時已是四月多，眼看事情要速戰速決，不能再拖，乃拍了電報給在港的弟弟託他代查。

弟弟回電說聯合書院仍未能決定。

於是，我只好接受了威斯康辛的聘書。同年（一九六六）四月，論文全部完成，剛好趕得上九月拿到學位。